Ashley Gilmore

Rapunzels Tochter
Tania

Princess in love 5

Tania – Rapunzels Tochter
Princess in love 5
Text Copyright © 2016 Ashley Gilmore
Cover Copyright © Victoria Andreas – Fotolia
Bild Prinzessin © shinshilla – Fotolia
ISBN: 978-1535149297
Alle Rechte vorbehalten.

Kontakt: autorinashleygilmore@hotmail.com

Email: ashleygilmore.jimdo.com

Lieben wir sie nicht alle, die klassischen Märchen um Dornröschen, Schneewittchen und Co.? Wer aber wusste, dass diese inzwischen heranwachsende Töchter haben, die auf der Suche nach ihren eigenen Prinzen sind? Nach ihrem Abschluss an der Crown School absolvieren die Prinzessinnen ein 6-monatiges Magical in der Realen Welt – Zauber und Liebe inklusive. Aber welche von ihnen will am Ende überhaupt noch zurück nach Fairyland?

Tania, Tochter von Rapunzel, darf die sechs Monate ihres Magicals in Nashville, Tennessee verbringen, was sie ganz besonders freut, da sie äußerst musikbegeistert ist. In der Stadt der Countrymusik wird sie sogar gleich entdeckt und kommt groß raus. Und im Grunde unterscheidet sich ihr neues Leben in der Realen Welt kaum von dem in Fairyland – wäre da nicht diese schreckliche Einsamkeit.

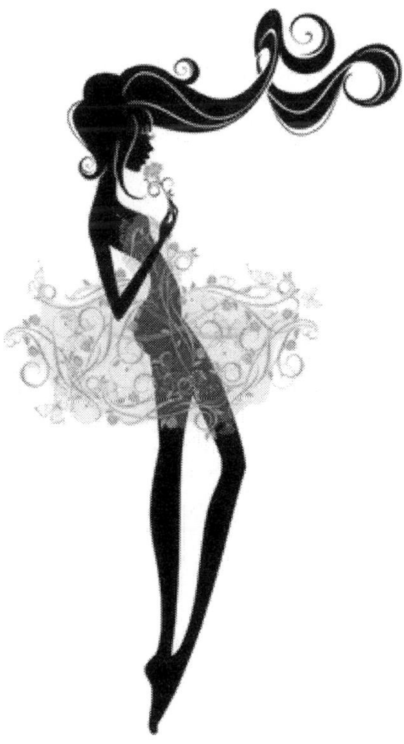

FAIRYLAND

Kapitel 1

Gespannt sah Tania Mrs. Happy dabei zu, wie sie es an die Tafel schrieb, ihr Ziel, die Erfüllung ihrer Träume, das Wort, das ihr Leben verändern sollte.

Sie beobachtete nun, wie ihre Lehrerin mit dem Zauberstab ansetzte und den ersten Buchstaben schrieb. Würde es ein E sein? Für Europa?

Wie sehr wünschte sie, die diesjährige Abschlussklasse dürfte auch an all die wundervollen Orte gehen wie die letzte. Rom, Paris, London, Prag, Amsterdam ...

Oh, sie sah sich schon durch Montmartre schlendern, das Kolosseum besichtigen oder eine romantische Gondelfahrt machen.

Doch Mrs. Happy schrieb überhaupt kein E, sondern ein A.

Was gab es mit A? Australien ... Asien ... Herrje! Sie schrieb *Amerika* an die Tafel! Amerika!!!

»Oh nein!«, rutschte es ihr heraus und sie erntete einen strengen Blick von Mr. Everafter, dem zweiten Lehrer im Bunde.

Mrs. Happy machte einen freudigen Hüpfer und Tania fragte sich, warum sie das wohl tat. Was gab es denn an Amerika so Freudiges?

Sie sah sich im Klassenzimmer um und sah viele verwunderte Gesichter. Ihren Freundinnen schien es genauso zu gehen wie ihr. Gut.

Tief durchatmen. Es würde vielleicht gar nicht so schlimm werden.

Sie versuchte, ein Lächeln aufzusetzen. Schließlich besagte die vierte goldene Regel, dass man stets freundlich lächeln sollte. Das durfte sie niemals vergessen.

Als nun Mr. Everafter mit seinem Hut herumging, aus dem sich jede Prinzessin einen Zettel mit einem Zielort ziehen sollte – denn jede von ihnen wurde an einen anderen Ort geschickt –, schloss Tania die Augen.

Sie fummelte eine gefühlte Ewigkeit an den Zetteln herum, bis Mr. Everafter sich räusperte und sie sich für einen entschied. Sie zog ihn heraus und hielt ihn in der Hand.

Während sie die anderen freudig oder enttäuscht ihre Ziele ausrufen hörte, traute sie sich noch immer nicht, die Hand zu öffnen.

»Nur Mut, Tania. Es ist doch alles halb so schlimm«, sagte sie zu sich selbst, natürlich so leise, dass keiner es hörte.

Dann faltete sie endlich auch ihren Zettel auseinander und las: *Nashville.*

Nashville???

Wo war das? Irgendwo in der Mitte?

Zuerst war sie ein wenig – nun, wollen wir ehrlich sein, mehr als nur ein wenig – enttäuscht. Denn sie hörte Cinderellas Tochter Lizzy New York sagen und Schneewittchens Tochter Julia Los Angeles, und all diese Orte sagten ihr etwas, denn sie hatten natürlich im Fach Literatur der Realen Welt schon über einige Länder und Städte der anderen Welt gelesen.

Ihr Magical-Ort aber sagte ihr nichts, überhaupt nichts. Was ja auch nichts Schlechtes sein musste. Ganz im Gegenteil. Sie durfte einen völlig neuen Ort erkunden, wundervolle Erfahrungen sammeln und tolle Menschen kennenlernen in diesem Nashville. Und sie würde ihnen allen die klassischen Märchen, den Zauber der Liebe und die Romantik wieder näherbringen. Amerika hatte es ja laut Mrs. Happy und Mr. Everafter besonders nötig.

Sie würde ihre Magical-Aufgabe meistern, ihre Prüfung mit Bravour bestehen. Ja, das würde sie.

Jetzt wurde sie ganz aufgeregt. Sie nahm eine ihrer langen blonden Haarsträhnen in den Mund und kaute darauf herum, wie sie es immer tat, wenn sie nervös, ängstlich oder eben aufgeregt war. Und irgendwie war sie gerade alles auf einmal.

Hach, würde das schön werden. Sechs Monate weg von zu Hause. Sechs Monate auf magischer

Mission. Ihr Lächeln wollte nun gar nicht wieder verschwinden.

Kapitel 2

Gleich nach dem Unterricht hielt Tania Ausschau nach Wanda. Wanda, Arielles Tochter, war ihre beste Freundin seit ihrem allerersten Tag auf der Crown School. Wanda, auch heute noch zurückhaltend und still, war damals ein schüchternes kleines Etwas, das Tania, keine zwei Monate älter als sie, beschloss, unter ihre Fittiche zu nehmen. Sie ging zu ihr hin und sagte ihr, dass sie nun beste Freundinnen und für immer unzertrennlich seien. Wanda zeigte ihr ein schüchternes Lächeln und war froh, nicht mehr allein zu sein.

Seitdem hatten sie gemeinsam einiges erlebt, sich gegenseitig ihr Herz ausgeschüttet, Freud und Leid geteilt, wobei die eine mehr als die andere preisgegeben hatte. Doch Tania nahm es Wanda nicht übel. Sie wusste, wie sie war, dass sie kaum ihrer eigenen Mutter ihre Sorgen offenbarte. Wie könnte sie ihr da etwas vorhalten? Außerdem durchschaute sie sie ja doch, sie kannte sie halt in und auswendig, und so geheimnisvoll Wanda auch gern sein wollte, sah Tania doch bis in ihr Innerstes.

Wie auch jetzt.

Wanda sah nämlich überhaupt nicht glücklich aus, als sie ihr von ihrem Magical-Ort Miami erzählte, der doch so perfekt zu ihr zu passen schien. Denn in Miami gab es Strand und Meer, was konnte eine Wasserratte wie Wanda, die Tochter einer einstigen Meerjungfrau, eine Prinzessin, die unter Wasser atmen konnte, sich mehr wünschen?

Ja, all diese Dinge wusste Tania über Miami, denn Miami war ein Ort, der jedem ein Begriff war – im Gegensatz zu Nashville ...

Nein! Jetzt bloß nicht wieder Trübsal blasen. Es reichte, dass eine von ihnen so eine traurige Miene zog.

Sie versuchte, Wanda aufzuheitern, doch diese sagte ihr, es gehe ihr nicht gut und sie wolle auf ihr Zimmer gehen und sich ausruhen.

Ach, sie verstand ihre Freundin ja. Immerhin gab es hier in der Märchenwelt jemanden, den diese für ganze sechs Monate zurücklassen musste. Sie sollte in die Reale Welt gehen, um den Leuten die Märchen wieder näherzubringen, während sie nicht einmal wusste, ob ihr eigenes denn überhaupt wahrwerden würde. Ob ihr Prinz auf sie warten würde.

Tania seufzte, als sie sich auf in ihr eigenes Gemach machte. So eine Liebe würde sie auch gerne einmal erleben. Eines Tages ... Wenn sie zurück von ihrem Magical war.

Ja, sie wünschte sich sehr, dass sie eines schönen Tages ihrem eigenen Märchenprinzen begegnen und ihr ewiges Glück finden würde.

Doch zuerst das Magical!

Sie entschied sich anders und machte auf der Treppe kehrt, um in der Bibliothek nach einem Buch zu suchen, das ihr Auskunft über Nashville geben konnte. Sie musste es einfach wissen: War es eine große Stadt oder eine kleine? Gab es dort einen Ozean, einen See, einen Fluss oder Berge? Was machte den Ort aus? Was waren die Wahrzeichen, die Besonderheiten? Sie war so gespannt. Jedoch trat sie – zum wohl einhundertsten Mal an diesem Tag – wieder einmal auf ihr langes Haar, als sie auf der Stufe umkehrte, und ihre Freude verflog.

Sie schrie vor Schmerz auf und hielt sich sofort die Hand auf den Mund. Ihr war, als wäre ihr das Haar aus der Kopfhaut herausgerissen worden. Dummes, langes Haar! Wie oft hatte sie sich schon gewünscht, sie könnte es einfach abschneiden. Aber sie wusste, wie stolz ihre Mutter auf ihr Haar war. Rapunzel selbst hatte einst das längste Haar in ganz Fairyland gehabt und sie wünschte sich sehnlichst, dass ihre einzige Tochter es ebenfalls lang trug.

Wie könnte sie sie da enttäuschen? Vor allem weil sie ihre einzige noch lebende Tochter war. Arme Rapunzel. Sie hatte so viel durchgemacht.

Zuerst hatte sie viele Jahre ihres Lebens in einem Turm verbringen müssen, eingesperrt wie eine Maus in der Falle. Und als ihr Prinz sie dann gerettet hatte und sie glaubte, fortan vom Glück geküsst zu sein, verstarb ihr erstgeborenes Kind. Eine wunderschöne Tochter, von der Rapunzel oft erzählte und die sie noch immer in ihrem Herzen trug. Erst Jahre später hatte sie das Glück gehabt, erneut schwanger zu werden und Tania zur Welt zu bringen. Sie war ihr Ein und Alles. Niemals könnte sie ihre Mutter verletzen.

Sie sah nun alle Bücher im Regal mit der Aufschrift *Geographie der Realen Welt* durch und entdeckte eines mit dem Titel *Nashville – Stadt der Countrymusik*.

Musik???

Ooooh! Tanias Augen leuchteten. Musik war nämlich ihre große Leidenschaft. Nicht nur weil es eine der goldenen fünf Regeln war, summte sie ständig vor sich hin. Sie hatte die Musik im Blut. Es verging keine Stunde, in der sie nicht das Verlangen danach hatte, zu singen. Auch schrieb sie eigene Texte. Ja, die klassischen Märchenlieder waren schön, doch in ihr brodelte es ununterbrochen und es machten sich Melodien selbstständig, auf die die passenden Worte sogleich folgten.

In ihrem Zimmer hatte Tania etliche Hefte, die mit Liedtexten und Noten vollgeschrieben waren.

Sie sang aber nicht nur, sie spielte auch Instrumente. Neben der Geige auch das Piano und die Zither.

Hach, wie wundervoll. Auch wenn sie noch nicht wusste, was Countrymusik war, freute sie sich jetzt umso mehr auf Nashville. Es war genau der richtige Ort für sie, es musste Schicksal sein. Und was Countrymusik war, würde sie ganz bald herausfinden.

Kapitel 3

Zwei Wochen später, als sie endlich die letzte Abschlussarbeit fertig geschrieben hatten, hatte sich Wandas Stimmung nicht gebessert und Tania machte sich große Sorgen um sie. Während sie selbst an nichts anderes als ihr Magical denken konnte und den ganzen Tag lang davon sprach, wurde Wanda stiller und stiller. Als würde sie sich kein bisschen freuen auf Miami.

Ach, gute Wanda. Warum war es nur so schwer für sie, sich ihr anzuvertrauen? Es war doch immer besser, sich seine Sorgen von der Seele zu reden, als sie in sich hineinzufressen.

Tania wünschte ihrer besten Freundin sehr, dass sie sich fangen und ihre Zeit in Miami letztlich doch genießen würde. Sie war immerhin einmalig. Sie hatten als Prinzessinnentöchter das unglaubliche Privileg, diese andere Welt kennenzulernen. Wie sehr wünschten sich das viele der bürgerlichen Töchter von Fairyland? Sie taten Tania schon ein wenig leid, und sie schalt sich von Zeit zu Zeit dafür, dass sie oft vergaß, welch fabelhaftes Leben sie führte, welche Vorzüge dieses Leben ihr bot.

Allein die Crown School besuchen zu dürfen, die privilegierteste Schule von ganz Fairyland, auf der nur echte Prinzessinnentöchter zugelassen waren (und auch nur die guten), war ein Segen. Hier lernte sie alles, was sie eines Tages als regierende Prinzessin oder sogar Königin anwenden würde müssen. Hier wurde sie auf ihre magischen Aufgaben vorbereitet.

Wo wir gerade von Magie sprechen ... Nicht nur eine der Prinzessinnen hatte etwas Magisches an sich. Cinderellas Tochter Lizzy hatte das Talent, mit Tieren sprechen zu können, Arielles Tochter Wanda konnte unter Wasser atmen, und Belles Tochter Heather wusste es, die Leute mit ihren geheimen Mittelchen zu verzaubern. Und auch Tania hatte etwas ganz Besonderes an sich: Sie konnte alles und jeden in ihren Bann ziehen mit ihrem Gesang.

Wenn sie nur zu singen begann, hörten die Leute auf zu sprechen, sie vergaßen ihre Sorgen und konzentrierten sich ganz auf sie und ihre Stimme. Jeder, der sie einmal singen gehört hatte, befand, dass sie die bezauberndste Stimme in ganz Fairyland besaß. Ob es nun eine Gabe, ein Talent oder Magie war, darüber war man sich nicht einig, jedoch war es ein gottgegebenes Geschenk, eine Stimme wie keine zweite zu haben, und Tania war dankbar und glücklich.

Sie hoffte wirklich sehr, dass sie auch in der Realen Welt die Möglichkeit haben würde, ihr Können unter Beweis zu stellen, besonders in einer Stadt wie Nashville.

Andererseits könnte genau dies ihr zum Verhängnis werden. Es konnte nämlich gut sein, dass in einer solch musikalischen Stadt eine ganze Menge Konkurrenz herrschte. Dass Tania dort nicht die schönste Stimme von allen haben würde.

Was würde sie dann tun? Was konnte sie denn anderes als Singen?

Nun bekam sie doch Herzklopfen und ein wenig Bammel. Um einen klaren Kopf zu bekommen, ging sie hinaus in den Burggarten. Sie fragte Wanda gar nicht erst, ob sie mitkommen wollte, viel zu oft hatte sie ihr in letzter Zeit eine Abfuhr erteilt. Und wenn sie ehrlich sein sollte, konnte sie gerade nicht noch mehr Negativität gebrauchen. Sie musste ein paar optimistische Gedanken einfangen, und das konnte sie am besten, wenn sie an den himmlisch duftenden Rosen im Rosengarten duftete und ein paar Babyeinhörner auf der Wiese streichelte.

Während von den Blumen nichts als Schönheit ausging, verspürte sie beim Berühren der magischen Tiere, wie sich ein wenig von ihrer Magie auf sie übertrug. Vielleicht war es nur Einbildung, vielleicht war es aber auch wahr. Auf jeden Fall fühlte sie sich gleich besser.

»Ihr werdet mir so fehlen«, sagte sie zu den niedlichen Kleinen. »In der Realen Welt gibt es euch nämlich leider nicht.«

Auf dem Rückweg zur Burg betrachtete Tania diese wehmütig. Schon ganz bald würde sie ihr Zuhause hinter sich lassen. Nicht nur würde sie auf ihr Magical gehen, und wer wusste, an was für einem Ort sie dort wohnen würde, auch würde sie danach nicht wieder zurück an die Crown kehren. Ihre Zeit auf dem Internat näherte sich dem Ende. Es war kaum zu glauben, sie wurden alle erwachsen. Und die sorglosen Tage mit ihren Freundinnen sollten für immer vorbei sein.

Tania schüttelte den Kopf und lächelte. Was hatte sie nur für Gedanken? Sie war eine Märchenprinzessin. Das Glück war ihr in die Wiege gelegt worden. Es würde sicher alles gut werden, noch viel mehr als das. Eine rosige Zukunft wartete auf sie.

Kapitel 4

Es war der Abend vor der großen Abschlussfeier. Tania klopfte an Wandas Tür.

»Darf ich hereinkommen?«, fragte sie vorsichtig. Wanda musste man zurzeit wie ein rohes Ei behandeln. Sie sah auch jetzt verweint aus, arme Wanda. Wusste sie denn nicht, dass ihr Liebster auf sie warten würde? Was waren denn schon sechs Monate im Vergleich zum ewigen Glück?

»Ja, natürlich.« Wanda lächelte ein trauriges Lächeln.

»Wie geht es dir, liebste Freundin? Bist du schon aufgeregt?«

Tania setzte sich auf Wandas Schminkstuhl und sah sie freudig an. Eine von ihnen musste ja Fröhlichkeit ausstrahlen, und vielleicht steckte es ja an.

»Ich freue mich schon, ja ... nur ... ich werde Fairyland so schrecklich vermissen.«

Tania nickte. »Mir wird es auch fehlen. Du wirst mir fehlen. Aber Wanda, Fairyland läuft ja nicht weg, es bleibt genau, wo es ist, und wir werden alle wohlbehalten zurückkehren und hier für immer verweilen.«

»Ja, das werden wir. Trotzdem, sechs Monate erscheinen mir so unendlich lang.«

»Du wirst sehen, sie werden viel schneller vergehen, als du denkst. Und in der Zwischenzeit wirst du ganz wundervolle Erfahrungen sammeln, die dir niemand jemals wieder nehmen kann. Wertvolle Erfahrungen, die dir als zukünftige Prinzessin an der Seite deines Märchenprinzen sehr hilfreich sein werden.«

Bei dieser Bemerkung strahlte Wandas Gesicht. »Ja, ich möchte die beste Prinzessin werden, die ich nur sein kann, und an der Seite meines Prinzen strahlen. Meines ... meines zukünftigen Prinzen, meine ich, wer auch immer das sein wird.« Sie errötete leicht.

Tania schmunzelte. Glaubte Wanda noch immer, sie hätte sie nicht längst durchschaut? Dachte sie, sie sehe nicht das Funkeln in ihren Augen jedes Mal, wenn von William die Rede war?

»Gehst du zu dem Ball am Samstag?«, erkundigte sie sich, obwohl sie es doch wusste. »Bei Rosaly und William?«

Es war unnötig gewesen, dass sie neben Rosalys Namen auch den von deren Bruder ausgesprochen hatte, doch es machte einfach zu viel Spaß, Wanda zu necken.

Sofort war es wieder da, das Funkeln und das Erröten.

»Das werde ich wohl tun. Und du?«

»Ich denke, eher nicht. Ich möchte mein letztes Wochenende gerne mit meiner lieben Mutter verbringen.«

»Du wirst sie sehr vermissen, nicht, liebste Tania?«

»Oh ja. Ich sehe sie hier zwar auch nicht sehr häufig, aber es tut gut, die Gewissheit zu haben, dass sie nicht weit ist und ich ihr jederzeit ein Telegramm schicken kann. Das werde ich aus Nashville nicht können.«

»Und dennoch scheinst du sehr fröhlich zu sein.«

»Ich war wohl noch nie so glücklich, Wanda. Ich kann es kaum erwarten, dass mein Magical beginnt.«

»Deine Zuversicht möchte ich haben, liebste Freundin.«

»Du kennst mich doch. Ich fürchte mich vor nichts. Ich hoffe nur, es wird genauso wundervoll, wie ich es mir vorstelle.«

»Das wird es bestimmt. Was hast du denn nun vor zu tun in der Realen Welt? Immerhin sollen wir eine wichtige Aufgabe erfüllen.«

»Ich werde singen«, sagte Tania bestimmt. »Was kann ich schon außer Singen?«

»Oh, Tania, du hast so viele Talente.«

»Findest du wirklich? Hättest du die Güte, mir einige zu nennen?« Sie glaubte nämlich nicht, dass sie viel anderes konnte.

»Wie kannst du das nicht wissen? Du bist meine liebste Freundin! Keine andere vermag es, mich aufzuheitern, mir gut zuzusprechen, mich zu trösten, wenn ich traurig bin. Du hast so ein gütiges Herz, eine gute Seele ... Du bist der beste Mensch, den ich kenne.«

»Das glaube ich nun wirklich nicht, Wanda.«

»Ich meine das ganz ernst. Du hast das Herz am rechten Fleck. Wenn man nur deinen Liedern lauscht ... Deine Texte sagen alles über dich aus, was man wissen muss ...«

Und da wären sie doch wieder bei ihrer Musik. Dennoch war Tania sehr berührt von Wandas Worten.

»Ich danke dir, liebste Wanda. Wie werde ich nur sechs Monate ohne dich überstehen?«

»Wie werde ich sie ohne *dich* überstehen? Bitte versprich mir nur, dass du auch zurückkommst, ja?«

Es gab so einige Prinzessinnen, die nach ihrem Magical nicht zurück nach Fairyland gekehrt waren. Es war ihnen nicht verboten, in der Realen Welt zu bleiben, vor allem wenn sie dort die wahre Liebe fanden, nur gab es einen Haken. Einen großen. Sie durften nämlich nie wieder zurückkehren, nicht einmal auf einen Besuch. Der Kontakt zur Familie und zu den Freunden wurde ihnen auf ewig untersagt. Man musste sich entscheiden, für oder gegen Fairyland – für immer!

»Ach, Wanda. Warum sollte ich mich für ein Leben in der Realen Welt entscheiden? Fern von meiner lieben Mutter und von dir?«

»Man weiß nie. Wenn die wahre Liebe einem begegnet ... Die Liebe ist stärker als alles andere und überwindet alle Hindernisse. Habe ich gehört.«

»Ich komme ganz bestimmt zurück, mach dir gar keine Sorgen, Wanda.«

»Dann ist ja gut.«

Tania lächelte ihre Freundin an und nahm ihre Hand. »Was hast du denn vor, in Miami zu tun?«

»Wenn ich das wüsste ...«

Ja, keine von ihnen wusste, was auf sie zukommen würde. Nur dass es neu und aufregend und anders sein würde, das wussten sie, und vielleicht war es auch gut so.

Kapitel 5

Der Tag der Abschlussfeier war gekommen. Die Prinzessinnen waren alle unglaublich aufgeregt. Auf dem Weg vom Frühstück in die Bibliothek traf Tania auf Lizzy und Rosaly, die ganz ungehalten davon schwärmten, was es alles Tolles an ihren Magical-Orten gab.

Sie hörte Lizzy von Wolkenkratzern und Rosaly von Jazzmusik erzählen. Nun erinnerte sie sich auch daran, dass Mr. Everafter ihnen im Unterricht einmal besagte Jazzmusik vorgespielt hatte, als er ihnen von der Realen Welt erzählte. Warum hatte er dasselbe nicht auch mit dieser Countrymusik getan, die doch in Nashville so beliebt sein sollte? So konnte Tania nur hoffen, dass es sich dabei um Gesang handelte, der sich für eine Märchenprinzessin schickte.

Nachdem sie noch ein letztes Mal die Bilder in den Büchern angesehen hatte, die ihr baldiges Zuhause zeigten, ging sie auf ihr Zimmer und setzte sich ans Klavier. Sie spielte ein paar Melodien und wagte sich dann an neue Töne, stellte sich vor, es sei die Musik aus der Realen Welt.

Und dann fanden plötzlich Worte ihren Weg ihren Bauch hinauf, an ihrem Herzen vorbei und durch ihren Mund hindurch. Es machte richtig Spaß, etwas ganz Neues zu spielen. Zwischendurch nahm sie ihr Notenbuch herbei und schrieb die Noten auf, bevor sie weitermachte.

Sie hörte gar nicht das Klopfen an der Tür, nahm ihre Besucherin erst wahr, als diese schon ihren Kopf hereinsteckte.

Es war Lilly, die Tochter von Mrs. Wonderful, der guten Fee der Crown.

»Oh, Tania, was spielst du da? Wie nennt sich diese Art von Musik?«, fragte Lilly entzückt.

Tania lachte. »Ich weiß es nicht.«

»Auf jeden Fall hört es sich ganz wundervoll an.«

»Ich danke dir. Kann ich etwas für dich tun, Lilly?«

»Meine Mutter lässt dich rufen. Sie sagt, du bist als Nächste dran beim Friseur.«

»Oh. Ich komme sofort.«

Sie klappte den Flügel zu, legte ihr Notenbuch beiseite und eilte hinunter.

Nur wenige Stunden später stand sie neben den anderen Prinzessinnen oben auf der Bühne und nahm ihr Abschlusszertifikat entgegen. Sie konnte ihre Eltern im Publikum ausmachen. Im Gegensatz zu den anderen Eltern, die noch Kinder,

Freunde, Onkel, Tanten, Großeltern und sogar Zwerge mitgebracht hatten, waren sie ganz allein gekommen. Tania machte das nichts aus. Es berührte ihr Herz, ihre Mutter so glücklich und stolz zu sehen.

Tania wurde in dieser Nacht eine ganz besondere Ehre zuteil, sie durfte vor all den Prinzen und Prinzessinnen, vor all den Königen und Königinnen singen.

Als sie auf der Bühne stand und *Some Day My Prince Will Come* vortrug, war wie immer jeder hin und weg von ihrer Stimme. Im ganzen Saal erklang kein einziger Laut, die Leute schienen sogar den Atem anzuhalten, um sie nur nicht bei ihrem Gesang zu stören.

Ein tosender Applaus bestätigte Tania wieder einmal in dem, was sie tat. Es war das schönste Gefühl auf der Welt, in die Gesichter der Menschen zu blicken, die sie soeben berührt hatte, ihre Begeisterung zu empfangen. Am liebsten würde sie das jeden Tag tun. Sie wünschte sich mehr als alles andere, dass dieser Traum bald wahr würde.

Als Tania später in der Nacht zusammen mit ihrer Mutter und ihrem Vater in der Kutsche nach Hause auf ihr Schloss fuhr, hielt Rapunzel ihre Hand.

»Ach, Mutter. Ich werde doch bald wieder zurückkommen.«

»Sechs Monate sind eine lange Zeit«, sagte diese mit trauriger Stimme.

»Auch hier haben wir uns in den letzten Jahren kaum öfter gesehen.« Sie war lediglich in den Ferien nach Hause gekommen, den Rest des Jahres hatte sie auf dem Internat verbracht.

»Das mag schon sein. Und doch ist es etwas anderes.«

»Ach, gute Rapunzel«, meldete sich nun ihr Vater zu Wort. »Du wirst es schon überstehen. Ehe du dichs versiehst, ist Tania wieder da.«

»Dein Wort in Gottes Ohr, mein Liebster.« Verliebt sah ihre Mutter ihren Vater an.

Die beiden waren so zuckersüß miteinander, das sah einfach jeder. Ihre Mutter würde ihrem Vater auf ewig dafür dankbar sein, dass er sie damals aus den Klauen der bösen Zauberin gerettet hatte, wusste Tania. Sie waren halt ein echtes Märchenpaar, bis dass der Tod sie schied. Vielleicht sogar darüber hinaus.

Kapitel 6

Tania verbrachte ein wundervolles letztes Wochenende bei ihren Eltern. Während die meisten ihrer Freundinnen am Samstag auf den großen Ball in Rosalys Schloss gingen, blieb Tania lieber in ihrem eigenen, saß mit ihrer Mutter beisammen und hörte ihr zum gefühlt zwanzigtausendsten Mal dabei zu, wie sie ihr Märchen erzählte.

Sie konnte nie genug davon bekommen. Mit angewinkelten Beinen, den Kopf auf die Arme gelegt, lauschte Tania den Worten ihrer Mutter und wusste schon jetzt, wie sehr ihr ihre liebliche Stimme fehlen würde.

»Tania, oh, meine Tania«, sagte ihre Mutter auf einmal und sah sie auf merkwürdige Weise an. Ihre Augen füllten sich mit Tränen.

»Mutter, was ist denn?« Sie stand auf und gesellte sich zu ihr.

»Es gibt da etwas, das ich dir sagen muss. Unbedingt. Dein Vater sagt zwar, ich soll es lassen, es ist noch zu früh, aber ich denke, es ist genau der richtige Zeitpunkt, jetzt, da du in die Reale Welt gehst. Damit du nicht … damit …« Ihre Stimme setzte aus.

»Oh, liebste Mutter, nun sag es mir doch. Ich bitte dich.«

Tania machte sich große Sorgen. Was mochte es sein, das so wichtig war und das ihre Eltern ihr anscheinend verheimlicht hatten?

Es brauchte eine Weile, bis Rapunzel ihre Stimme wiedergefunden und sich gefangen hatte.

»Also gut, Tania, du musst mir aber versprechen, dass du keiner Menschenseele etwas davon sagen wirst, auch nicht deinem Vater. Kein Wort zu niemandem, ja?«

Tania nickte.

»Es ist achtzehn Jahre her. Du hattest gerade das Licht der Welt erblickt, da kamen Bürgerliche, Adlige und Feen aus ganz Fairyland herbei, um dich zu bewundern, deinem Vater und mir zu deiner Geburt zu gratulieren und um Geschenke und gute Wünsche dazulassen. Darunter war eine Hexe, eigentlich eine gute Hexe namens Korall, die mich um eine deiner Haarsträhnen bat, dafür wollte sie dich mit allen möglichen guten Dingen segnen. Nun weißt du ja aber um die Sache mit deiner Schwester und zudem um meine Vorliebe für langes Haar. Ich wollte einfach nicht, dass sich jemand an deinen Haaren vergreift und schlug Korall ihren Wunsch ab. Da wurde sie böse, ihre

Miene verfinsterte sich und sie legte dir einen Fluch auf, bevor sie für immer von dannen zog.«

Tania erschrak. »Was für ein Fluch, Mutter?«

»Er betrifft deine Stimme.«

»Meine Stimme?«

»Korall konnte schon damals vorhersehen, dass du eines Tages eine begnadete Sängerin sein würdest. Sie verfluchte dich dazu, deine Gesangsstimme für immer zu verlieren, solltest du ...«

Sprachlos und schockiert sah sie ihre Mutter an. Sollte sie was? Ja, was denn nur?

»... solltest du jemals den Falschen küssen.«

Tania riss die Augen auf. Dann jedoch verwandelte sich ihr Staunen in Belustigung und sie musste unwillkürlich lachen.

»Das ist nicht lustig, Tania. Bist du dir des Ernstes der Sache nicht bewusst?«

»Oh, doch, Mutter. Aber da brauchst du dir gar keine Sorgen zu machen. Ich habe nämlich nicht vor, jemanden zu küssen, zumindest nicht bevor ich den Richtigen finde. Hier in Fairyland. Meinen Märchenprinzen, den ich dann zum Gemahl nehmen werde. Irgendwann in weit entfernter Zukunft«, stellte sie klar.

Sie wusste überhaupt nicht, was ihre Mutter hatte. Warum machte sie sich denn bloß so viele Gedanken?

»Du gehst in eine dir fremde Welt, Tania, und weißt nicht, was dir dort alles begegnen wird.«

»Aber doch keine Männer, die ich küssen werde, Mutter!« Sie war empört.

»Nun, wenn du mir das versichern kannst, ist es ja gut.«

»Das kann ich, ganz sicher. Mutter, was ist, wenn es mir doch passiert? Ich meine, es könnte mir doch genauso gut hier passieren, dass ich den falschen Prinzen küsse.«

»Dann gibt es nur einen Ausweg, meine liebe Tochter. Dann kann dich nur noch der wahren Liebe Kuss von deinem Bann befreien.«

Sie nickte.

Ach, das würde ihr ganz sicher nicht passieren. Sie hatte nämlich überhaupt nicht vor, so bald irgendwen zu küssen. Es gab zuerst einmal allerhand anderes zu tun. Sie sollte zusammen mit den anderen Prinzessinnen ein ganzes Land vor dem Untergang bewahren.

Als sie am Montagmorgen kurz davor war, Fairyland hinter sich zu lassen, war sie entschlossener denn je.

Der Abschied von ihrer Mutter war ihr schwer gefallen. Wanda hatte sie auch unendlich lang umarmt. Und als ihr gesagt wurde, dass sie nichts als einen Samtbeutel mit dem Allernötigsten mitnehmen durfte, hatte ihr das am allerwenigsten ausgemacht; sie brauchte nichts als ihr Notenbuch.

Nun vor dem Portal drehte sie sich noch einmal um, lächelte Wanda zu, und schritt hindurch.

NASHVILLE

Kapitel 7

Tania sah sich um. Wo befand sie sich? Sollte dies Nashville sein? Sie sah überhaupt keine Häuser und auch keine Menschen. Dort vorne waren Kühe.

Oje. Sie war mitten auf dem Land gelandet. Hier passte sie überhaupt nicht her in ihrem wunderschönen, goldenen, bodenlangen Kleid. Wenn sie nicht aufpasste, würde sie womöglich bald Kuhfladen daran hängen haben.

Sie sah sich nun ganz genau um. Nein, weit und breit keiner zu sehen. Irgendetwas musste schief gegangen sein. Dies konnte doch nicht Nashville sein.

Sie ließ die Schultern sinken, ihr war zum Heulen zumute. Sie wünschte sich zurück nach Fairyland, zurück in ihr wunderschönes goldenes Zimmer auf der Crown. Sie wollte nicht hier sein in dieser Einöde, wo es absolut nichts gab, nicht einmal einen Menschen, den man nach dem Weg fragen konnte.

Was sollte sie denn nun tun?

Als wäre es nicht genug gewesen, begann es auch noch zu regnen. Erst fielen nur einige wenige

Tropfen, dann schüttete es in Strömen. Sie begann zu laufen, ihr Haar fiel ihr klitschnass ins Gesicht, als sie endlich einen Unterschlupf fand, eine alte Scheune, in der ein paar gackernde Hühner ganz aufgeregt hin und her flatterten.

Sie stellte sich unter, fand eine sichere Höhle vor dem Unwetter, sie zitterte vor Kälte und schließlich ließ sie sich auf einem kleinen Berg von Heu nieder.

Sie musste eingeschlafen sein – von der Aufregung, der Verwirrung, der Angst und der Kälte völlig erschöpft –, denn plötzlich war da eine Stimme und sie schreckte hoch.

Neben ihr stand ein kleines Mädchen von etwa zehn Jahren, die Augen weit aufgerissen, die Kinnlade heruntergeklappt. Sie starrte sie an, brauchte aber eine ganze Weile, bis sie einen Ton herausbrachte.

»Bist du eine Prinzessin?«, fragte sie ehrfürchtig.

Tania setzte sich auf, strich sich das Haar aus dem Gesicht und überlegte. Sie durfte nicht sagen, wer sie wirklich war, durfte weder preisgeben, dass sie aus Fairyland kam noch dass sie eine richtige Märchenprinzessin war. Sie erinnerte sich an den Samtbeutel, den sie mitbekommen hatte. Darin war ein Ausweis, in dem ihr neuer Name und ihr angeblicher Herkunftsort standen, nur konnte sie ja nicht erst nachsehen, bevor sie dem

Mädchen Antwort gab. Allerdings handelte es sich hier nur um ein kleines Mädchen ... und es war sicher nicht allein! Andere Menschen konnten nicht weit sein, und die würden sicherlich auch Fragen haben.

Sie könnte ja ganz unauffällig ... Als sie das Band ihres Beutels lockerte und diesen öffnete, musste sie mit Schrecken feststellen, dass alles völlig durchnässt war, genauso wie ihr Kleid.

»Oje, ich muss schrecklich aussehen«, sagte sie, wischte sich übers Gesicht und fragte sich, ob ihre Wimperntusche wohl verwischt war.

»Du bist wunderschön«, sagte das Mädchen. »Wie heißt du?«

»Ich ... warte ...« Sie holte den nassen Ausweis heraus und las ihren neuen Namen: »Ich bin Tania Rogers.«

»Da musst du selbst erstmal nachsehen?« Die Kleine staunte. »Hast du etwa Amnesie?«

»Was bitte?«

»Das hab ich mal im Fernsehen gesehen. Da hatte einer vergessen, wer er war und woher er kam. Der hatte sogar vergessen, dass er bei Burger King arbeitete, und immer wenn er Pommes oder Burger roch, dann hatte er ein Devavü.« Sie kicherte.

Tania war mehr als nur ein bisschen verwirrt. »Du meinst Déjà-vu. Was bitte ist Burger King? Und was ist Fernsehen?«

»Du hast wirklich Amnesie! Das ist so cool! Ich muss es gleich meiner Mom erzählen.«

Die Kleine lief in Richtung Tor, doch Tania hielt sie auf: »Bitte geh nicht. Bleib noch ein bisschen und erkläre mir ein paar Dinge, ja?«

»Okay.« Das Mädchen setzte sich zu ihr ins Heu. »Was willst du wissen, Tania Rogers?«

Tania musste lächeln. Sie mochte die Kleine. Sie war nicht auf den Kopf gefallen, schien sich nicht zu fürchten. Sie erinnerte sie sehr an sie selbst, als sie noch ein kleines Mädchen war.

»Zuerst einmal würde ich gern wissen, wo wir uns hier befinden.«

»Na, in Green Hill, Tennessee. Du hast wirklich Amnesie, oder?«

Sie schüttelte den Kopf. »Nein, ich bin nur ein wenig verwirrt. Ich dachte, man würde mich nach Nashville schicken. Da soll ich nämlich die nächsten sechs Monate leben.«

»Das ist nicht weit von hier, wir sind direkt vor der Stadtgrenze von Nashville.«

»Oh. Nun, das ist gut. Und wie komme ich nun dorthin?«

»Vielleicht kann meine Mom dir ein Taxi rufen. Hast du kein Handy?«

Tania wusste nicht, was das war, aber sie war sich ziemlich sicher, dass sie keins hatte. Sie schüttelte also den Kopf.

»Oder Tommy kann dich fahren.«

»Wer ist Tommy?«

»Mein großer Bruder. Er ist achtzehn.«

»Ich bin auch achtzehn.«

»Tut mir leid, aber Tommy hat schon eine Freundin.«

»Ich ... Nein, so war das doch nicht gemeint!«

»Ach so. Hast du einen Freund?«

»Nein. Ich warte auf den Richtigen.«

»Auf deinen Märchenprinzen?«

»Woher weißt du ... Wie kommst du darauf?«

»Du siehst aus wie eine Märchenprinzessin. Sind deine Haare echt?«

Tania fasste sich an ihr langes, nasses Haar. »Ja, das sind sie.«

»Cool. Darf ich sie später bürsten und frisieren?«

»Wenn du willst. Wie heißt du eigentlich? Du hast mir noch gar nicht deinen Namen verraten.«

»Ich bin Holly Miller.«

»Holly. Ich habe bisher niemals eine Holly kennengelernt.«

»Meine Mom mag den Film so. *Frühstück bei Tiffany*. Sie hat mich nach Holly Golightly benannt, die Hauptfigur.«

»Tut mir leid, die kenne ich nicht.«

»Sie wird von Audrey Hepburn gespielt. Kennst du die auch nicht?«

Tania schüttelte den Kopf. Nein, in Fairyland kannte man diese Personen nicht.

»Kennst du überhaupt irgendwas?«

»Da, wo ich herkomme, gibt es nicht dieselben Dinge wie hier bei euch. Du hast mir noch nicht erklärt, was Fernsehen ist?«

»Wie kann man denn nicht wissen, was Fernsehen ist.« Holly schüttelte ungläubig den Kopf. »Komm mit ins Haus, dann zeige ich dir einen Fernseher.«

»Warte, Holly. Ich kann mich doch so vor niemandem blicken lassen. Kannst du mir eine Bürste besorgen? Und ein feuchtes Tuch? Ist meine Schminke sehr verwischt?«

Holly betrachtete sie eingehend. »Ist nicht so schlimm. Komm, wir schleichen uns ins Haus. Du kannst dich in meinem Zimmer hübsch machen.«

Tania ergriff Hollys Hand, die diese ihr hinhielt, und folgte ihr nach draußen. Es hatte aufgehört zu regnen, der Himmel war aber noch immer düster.

Sie gingen auf leisen Sohlen auf das Bauernhaus zu und betraten es, ohne dass jemand sie ertappte. In Hollys Zimmer setzte Tania sich vor den Spiegel und wischte sich das Gesicht sauber. Sie ließ sich von Holly das Haar kämmen und band sich einen Pferdeschwanz. Dann sah sie die Kleine an und sagte: »Ich bin dir überaus dankbar.«

»Gern geschehen. Willst du meine Freundin sein?«

»Na gut. Und was sollen wir nun tun?«

»Komm mit zu den anderen. Meine Mom weiß bestimmt eine Lösung, sie ist sehr schlau.«

Das hörte sich doch vielversprechend an. Tania folgte Holly ins Wohnzimmer, wenig später starrten drei Augenpaare sie verwundert an. Sie errötete leicht und machte einen Knicks.

Kapitel 8

»Oh, ich wusste ja gar nicht, dass wir Besuch haben«, sagte eine Frau um die vierzig, anscheinend die Mutter der Kleinen.

»Das ist Tania Rogers. Tania, das ist meine Mom.«

»Guten Tag. Ich bin erfreut, Sie kennenzulernen«, sagte Tania und knickste erneut.

Die Mutter, der Vater und ein junger Mann, bei dem es sich um Tommy handeln musste, schmunzelten.

»Uns freut es ebenso. Wo kommst du denn her, wenn ich fragen darf? Du bist ja ganz nass. Bist du in den Regen gekommen?«

Tania nickte.

»Ja. Ich war auf dem Weg nach Nashville und da fing es an zu schütten. Ich habe mich in Ihre Scheune gerettet, ich hoffe, das macht Ihnen nichts aus.«

»Kein Problem. Wie meinst du das, du warst auf dem Weg nach Nashville. Etwa zu Fuß?«

Oje.

Was sollte sie denn jetzt nur antworten? Nein, durch ein Portal?

»Ich wurde dort vorne abgesetzt und überlegte gerade, wie ich in die Stadt kommen könnte, als es ...«

»Sag nicht, du bist per Anhalter gefahren! Das ist so gefährlich!«

Tania wusste nicht, wovon die Frau sprach, sie antwortete also nicht. Es machte keinen Unterschied, was diese Leute dachten. Sie steckte hier fest, so oder so.

»Ich fahre später noch nach Nashville rein. Soll ich dich mitnehmen?«, fragte nun der Sohn.

Tania wandte sich ihm zu und betrachtete ihn zum ersten Mal richtig.

Er war noch jung, so alt wie sie, war groß, das sah sie, obwohl er saß. Er hatte braunes Haar, das ein wenig verwuschelt war, und warme dunkle Augen. Sie konnte auf den ersten Blick erkennen, dass er eine gute Seele besaß.

»Das wäre furchtbar nett von dir«, sagte sie dem Jungen und knickste.

»Alles klar. Ich bin übrigens Tommy.«

»Ich weiß. Holly hat es mir schon gesagt.«

»Entschuldige bitte, wir haben uns auch noch gar nicht vorgestellt«, sagte nun die Mutter. »Ich bin Jennifer und das da drüben ist mein Mann Cole.«

»Es tut mir wirklich leid, dass ich einfach so bei Ihnen eindringe, das war wirklich nicht meine Absicht.«

»Wie gesagt, das ist echt okay. Ich mach mir gerade eher Sorgen, dass du dich furchtbar erkältest in deinen nassen Sachen. Wo kommst du eigentlich her in dem Kleid?«

Sie versuchte sich zu erinnern, was in ihrem Ausweis gestanden hatte.

»Annapolis, Maryland«, gab sie zur Antwort.

»Und du trägst immer solche Kleider?«

»Nun ja. Dies ist schon ein sehr aufwendiges Kleid. Ich wollte einen guten Eindruck machen, wenn ich nach Nashville komme.«

»Was willst du denn dort, in Nashville, so ganz allein? Hast du dort Verwandte?«

»Nein. Ich soll dort für sechs Monate leben und ...« ...und den Menschen die Märchen wieder näherbringen. Das konnte sie der Frau natürlich nicht sagen. »... singen«, sagte sie also.

»Ah, jetzt verstehe ich langsam. Du hast ein Engagement in einem der Clubs?«

»Nein, noch nicht, aber ich versuche, irgendwo eine Anstellung zu finden.«

»Das könnte schwer werden. Es gibt eine Menge begabter Sängerinnen. Bist du denn gut?«

»Die Leute sagen, ich habe eine märchenhafte Stimme.«

»Bitte sing für uns«, bettelte Holly.

»Tania muss sich jetzt erstmal umziehen.«

»Ich habe aber gar nichts anderes zum Anziehen dabei.«

»Sagtest du nicht, du wärst auf dem Weg von Maryland nach Nashville? Wieso reist du ohne Gepäck?«

Tania sah von einem zum anderen, alle sahen sie fragend an. Man erkannte schon jetzt, dass die Frauen hier das Sagen hatten, die Männer waren ganz still und sagten kaum ein Wort.

»Das ist eine lange Geschichte. Ich musste meine Sachen zu Hause lassen. Aber ich habe Papiergeld, um mir neue zu kaufen. Na ja, es ist ganz nass ...«

Sie fasste in den Beutel und holte ein paar der feuchten Scheine heraus.

»Wow!«, machte Tommy und auch Holly staunte.

»Wie kommst du denn zu so viel Geld?«, fragte Jennifer mit großen Augen.

»Du solltest gut aufpassen, dass es dir keiner klaut«, meldete sich nun auch mal Cole zu Wort.

»Ich ... ich ... ich habe es mitbekommen von ... Ich muss damit eine ganze Weile auskommen. Ich sollte es wohl trocknen ...«

»Zuerst einmal solltest du zusehen, dass du selbst trocken wirst«, sagte Jennifer und erhob sich von ihrem Sessel. »Komm mit mir mit. Während du heiß duschst, suche ich dir ein paar alte Sachen zum Wechseln heraus.«

Tania folgte Jennifer in ihr Schlafzimmer, das komplett aus Holz bestand: die Wände, die

Schränke, das Bett. An der Wand hingen einige Bilder von Wasserfällen, Seen und Bergen. Es war alles sehr rustikal, in nichts zu vergleichen mit ihrem Zimmer auf der Crown und auch keinem der Zimmer im Schloss. Selbst Hollys Kinderzimmer war hübsch eingerichtet, in Pink, aber das hier ... Nein, hier würde Tania nicht wohnen wollen, wenn es nicht unbedingt nötig wäre.

»Du hast wirklich unglaublich langes Haar. Ist es echt?«, fragte Jennifer.

»Selbstverständlich.«

Warum fragten sie nur alle, ob es echt war? Dachten sie etwa, sie hätte einem Pferd den Schwanz abgeschnitten und sich an den Kopf geklebt?

»Wow! Nicht schlecht. Hier ist das Bad, Handtücher liegen auf dem Regal.« Jennifer deutete auf eine Tür und ließ sie allein.

Tania stellte sich unter die Dusche, nachdem sie herausgefunden hatte, wie man sie betätigte.

In Fairyland gab es keine Duschen, zumindest nicht für die Prinzessinnen. Sie nahmen stets ein wunderbares Schaumbad. Ach, für ein solches hätte Tania gerade alles gegeben. Und auch für ein sauberes und trockenes Prinzessinnenkleid. Stattdessen hatte Jennifer ihr einen Stapel alter Kleidung ins Schlafzimmer gelegt, die ihr vorkam wie Bauernkleidung. Eine alte, verwaschene Hose und ein kariertes Hemd mit Knöpfen. Dazu ein Paar Socken.

Tania rümpfte die Nase, als sie die Sachen anzog. Ja, Jennifer hatte in etwa dieselbe Größe wie sie, doch sie hatte einen gänzlich anderen Geschmack.

Als sie wenig später in den Spiegel blickte, verzog sie das Gesicht.

So sollte sie sich auf die Straße trauen? *So* sollte sie Eindruck machen in Nashville?

»Herrje. Ich sehe einfach furchtbar aus«, sagte sie zu ihrem Spiegelbild.

Sie rollte ihr Haar ein und machte sich einen großen Dutt, bevor sie sich traute, die Tür zu öffnen. Verlegen ging sie zurück zu den anderen.

»Na wunderbar, die Sachen passen!«, rief Jennifer aus.

»Jetzt siehst du gar nicht mehr aus wie eine Prinzessin«, sagte Holly enttäuscht.

»Ich finde, sie sieht auch jetzt noch sehr schön aus«, meinte Tommy und errötete sogleich.

»Danke sehr«, sagte Tania und knickste.

»Warum machst du das immer?«, wollte Jennifer wissen.

»Was denn?«

»Na, du knickst ständig.«

»Es ist üblich, dies zu tun, da, wo ich herkomme«, erklärte sie.

»Und du bist sicher, dass du aus Maryland kommst und nicht aus irgendeinem weit entfernten Königreich? Holly hier ist sich ja ziemlich sicher, dass du eine echte Prinzessin bist.«

»Haha ... ich?« Tania lachte verlegen. »Ich eine Prinzessin? So ein Unsinn. Ich komme aus Annapolis, Maryland, das habe ich doch bereits gesagt.«

»Ich glaube dir nicht«, sagte Holly bestimmt.

»Sie wird uns ja wohl nicht anlügen, Schwesterchen. Jetzt zeig mal Manieren und behandle unseren Gast ein bisschen netter«, sagte Tommy und sah sie an. »Ich fahre gegen drei in die Stadt, um vier fängt nämlich meine Schicht bei *Romney´s* an. Willst du dann mitfahren?«

Sie nahm an, sie würden mit einem dieser Autos fahren. Mit Pferdekutschen fuhr man nämlich in der Realen Welt nur noch sehr selten, hatte sie gelesen.

»Mit dem Auto?«, fragte sie also.

»Klar. Oder denkst du, wir nehmen das Fahrrad bei dem Wetter?«

»Ich ... äh ... ich fahre gerne mit. Vielen Dank.«

»Schon gut. Und du musst jetzt nicht wieder knicksen. Ich muss ja sowieso in die Stadt, ist also keine große Sache, ja?«

Sie nickte und machte sich eine gedankliche Notiz, dass es hier in dieser Welt nicht allzu angebracht war, ständig zu knicksen.

Zu dieser Notiz würden sicher noch viele weitere hinzukommen.

Kapitel 9

Jennifer lud sie ein, mit ihnen zu Mittag zu essen. Es gab Sandwiches. Dies waren Brotscheiben, die aufeinander geklappt waren, mittendrin befanden sich Dinge wie Käse oder Wurst, und man aß sie mit den Händen.

Tania hatte noch niemals mit den Händen gegessen und fand es sehr eigenartig. Am liebsten hätte sie nach Messer und Gabel gefragt, doch sie wollte nicht unhöflich erscheinen, da die anderen es ja auch so taten. Also schloss sie sich ihnen an und fragte sich gleichzeitig, ob man hier wohl alles mit den Händen aß.

»Schmeckt es dir?«, fragte Jennifer.

»Vorzüglich«, gab sie zur Antwort.

Zum Dessert gab es einen Schokoladenpudding aus einem seltsamen Plastikbecher, den man nicht mit den Händen aß, der aber köstlich war, was man seiner Aufmachung nach zu urteilen nicht angenommen hätte.

Als sie alle fertig waren, stellte der Herr des Hauses sich an die Spüle und wusch das Geschirr ab. Tania wunderte sich, warum die Frau diese Arbeit nicht übernahm. Diese Leute schienen keinesfalls wohlhabend zu sein und konnten sich weder Köchin noch Magd leisten, warum aber das Familienoberhaupt solch niederen Arbeiten ausübte, verstand sie beim besten Willen nicht.

»Singst du uns jetzt was vor? Biiiitteee!«, fragte die kleine Holly, die, wie Tania inzwischen erfahren hatte, neun Jahre alt war.

»Sehr gern.« Tania erstrahlte. Sie sang immer gern, noch dazu war es eine der goldenen fünf Regeln, stets ein fröhliches Lied zu singen, warum also nicht?

»Nun lass sie doch«, sagte Tommy und warf Holly einen strengen Blick zu.

»Sie sagt doch, sie will singen. Was ist dein Problem, Stinkstiefel?«

»Sie sagt das bestimmt nur, weil sie nicht unhöflich sein will. Wer stellt sich schon gerne in eine Küche und singt vor fremden Leuten?«

»Sie kann ja auch im Sitzen singen!«

»Du bist echt eine Nervensäge, Holly.«

»Selber Nervensäge!«

»Hört auf zu streiten!«, schimpfte die Mutter der beiden. »Was soll denn unser Gast denken?«

»Hast du auch so einen nervigen Bruder?«, wollte Holly nun von Tania wissen.

»Ich habe leider gar keinen Bruder.«

»Du Glückliche.«

»Ich hatte eine Schwester, aber sie ist vor meiner Geburt gestorben.«

»Das tut mir sehr leid, Tania«, sagte Jennifer.

Tania lächelte traurig.

»Du musst wirklich nicht singen. Tommy hat schon recht, unsere kleine Holly hier kann manchmal ganz schön aufdringlich sein. Niemand erwartet, dass du singst, wenn du es nicht wirklich möchtest, ja?«

»Oh, es wäre mir eine Freude, für Sie zu singen, denn Singen ist meine große Leidenschaft. Ich hoffe, eines Tages eine große Sängerin zu sein.«

Jennifer lächelte sie an, wie man ein kleines Mädchen anlächelt, das sagt, dass es eines Tages Prince Charming heiraten möchte, wo doch jeder in ganz Fairyland wusste, dass dieser längst an Cinderella vergeben war.

Sie fand die Idee, vor diesen Leuten zu singen, gar nicht so schlecht, denn so konnte sie schon einmal sehen, wie ihr Gesang auf die Menschen der Realen Welt wirkte. Sollte sie hier bereits scheitern, könnte sie es wohl schon jetzt aufgeben.

»Was singst du denn?«, meldete sich nun einmal Cole zu Wort. »Country, nehme ich an?«

»Eigentlich singe ich ... Märchenlieder. Ich bin aber für alles offen.« Tania lächelte.

»Märchenlieder? Wie toll!«, freute sich Holly.

»Märchen? Tatsächlich? Du kommst mir immer ungewöhnlicher vor, meine Liebe«, sagte Jennifer. »Na, dann zeig mal, was du kannst.«

Tania erhob sich und stellte sich vor die anderen hin. Dann begann sie, *When You Wish Upon a Star* zu singen, und wie sie es gewohnt war, hielten alle Zuhörer den Atem an. Innerlich freute sie sich wie verrückt, dass es auch hier funktionierte.

Erst als sie ihren letzten Ton gesungen hatte, starrten alle sie an, dann begannen sie langsam, weiter zu atmen.

Cole war der Erste, der etwas sagte. »Du liebe Güte. Was war das?«

»Das war wunderschön«, sagte Jennifer.

»Noch ein Lied, noch ein Lied«, rief Holly.

Tommy sagte gar nicht, starrte sie nur sprachlos an.

Tania strahlte überglücklich.

»Du könntest recht haben und wirklich als ganz große Sängerin enden, mein Kind. Und wir können sagen, wir kennen dich. Ha, das ist ja nicht zu fassen!« Cole schlug sich auf den Oberschenkel.

»Bitte noch ein Lied!«, bettelte Holly, und Tania sang noch eines, und danach noch eines, bis es so weit war, in die Stadt zu fahren.

Schweren Herzens verabschiedete sich Holly von ihr. »Kommst du uns mal wieder besuchen?«, fragte sie.

»Das mache ich bestimmt.«

»Und singst du dann auch wieder für uns?«

»Auch das werde ich tun.«

»Versprichst du es?«

»Ich verspreche es.«

»Hier ist dein Kleid.« Jennifer kam mit dem goldenen Kleid über dem Arm zu ihr in den Flur. »Es ist jedoch noch immer klamm. Du lässt am besten diese Sachen an, du kannst sie behalten.«

Tania schlüpfte gerade in ihre goldenen Ballerinas hinein, die auch noch immer ein wenig nass waren. »Vielen Dank. Darf ich Ihnen die Sachen bezahlen?«

»Das hast du schon längst getan, mit deiner Musik. Du singst einfach sagenhaft. Ich wünsche dir wirklich, dass du ganz groß rauskommst. Bei der Stimme kann da aber eigentlich gar nichts schiefgehen.«

»Ich danke Ihnen von Herzen.« Sie wollte gerade wieder knicksen, erinnerte sich aber noch rechtzeitig, dass man das ja hier nicht tat.

Sie ließ sich von Jennifer und Holly umarmen und von Cole die Hand schütteln, dann folgte sie in ihren eigenartigen Kleidungsstücken Tommy zum Auto. Solche Autos hatte sie schon auf Bildern gesehen, sie war aufgeregt und ängstlich zugleich, sich in eines hineinzusetzen. Als sie es dann tat, war es gar nicht so schlimm.

Tommy steckte einen Schlüssel in ein passendes Loch und drehte diesen um. Daraufhin ertönte ein Brummen, und ein Rütteln unter ihrem

Hintern machte sich bemerkbar. Huch, was war das?

Sie konnte es kaum erwarten, loszufahren, nach Nashville, dorthin, wo sie doch eigentlich von Anfang an hätte hinkommen sollen. Doch sie bereute es keinesfalls, diese netten Menschen kennengelernt zu haben.

»Vielen Dank für alles, Sie waren wirklich sehr nett.«

»Du bist jederzeit bei uns willkommen, Tania, bitte vergiss das nicht«, sagte Jennifer noch und schlug dann ihre Tür zu.

Nun saß sie ganz allein mit einem Jungen, den sie kaum kannte, in einem Auto. Ihre Aufregung stieg bis ins Unermessliche.

Kapitel 10

Das Wetter hatte sich in den letzten Stunden gebessert. Es war zwar immer noch ein wenig düster, aber die dunklen Wolken lockerten auf und ließen hier und da sogar ein wenig blauen Himmel erahnen. Als sie in die Stadt hineinfuhren, zeigte sich sogar ein kleiner Sonnenstrahl, der auf den Fluss schien, den sie passierten.

»Wie heißt dieser Fluss?«, fragte sie Tommy, der während der halbstündigen Fahrt nicht sehr viel gesagt hatte. Er wirkte irgendwie verlegen, fand Tania.

»Das ist der Cumberland River.«

»Oh. Ich habe schon von ihm gelesen.«

»Tania, ich wollte dir noch was sagen. Du singst wirklich unglaublich. Ich glaube, ich habe überhaupt noch nie jemanden so singen gehört wie dich.«

Nun wurde auch Tania verlegen, aber nur ein kleines bisschen. Und das lag vor allem daran, in welchem Ton Tommy es sagte. Es klang nach ehrlicher Bewunderung.

»Ich danke dir, Tommy. Das ist sehr freundlich von dir.«

Er lachte ein wenig nervös. »Weißt du, dass meine Schwester dich wirklich für eine echte Prinzessin hält? Kurz bevor wir gefahren sind, als du im Bad warst, um deine getrockneten Sachen einzusammeln, hat sie mir gesagt, sie wird sich nicht vom Gegenteil überzeugen lassen.«

Tania musste schmunzeln. Irgendwie freute sie sich, dass Holly sie für eine Prinzessin hielt. Sie durfte zwar nicht verraten, dass sie wirklich eine war, doch zu wissen, dass sie auf die Leute diese Wirkung hatte und dass ein kleines Mädchen ganz fest daran glaubte, war ein schöner Gedanke.

Sie antwortete Tommy nichts darauf.

»Und? Hat sie recht?«

»Wie bitte?«

»Hat Holly recht mit ihrer Vermutung? Bist du wirklich eine Prinzessin und führst uns alle nur an der Nase herum?«

»Wie kommst du denn darauf?«, fragte sie und tat empört.

»Na, allein dein Kleid könnte auf eine Story à la *Ein Herz und eine Krone* hinweisen.«

»Ein Herz und eine Krone?«

Tommy schüttelte lächelnd den Kopf. »Das ist so ein alter Film, in dem es um eine Prinzessin geht, die sich ganz normal kleidet und sich unter die Leute mischt, um mal zu sehen, wie es in der wirklichen Welt ist.«

Sie hätte jetzt zu gerne gefragt, was ein Film ist, aber sie wollte sich nicht lächerlich machen. Sie würde die Dinge der Realen Welt sicher ganz bald selbst entdecken. Viel schlimmer fand sie gerade, dass sie anscheinend so leicht zu durchschauen war. Wenn sie das nicht einmal bei den ersten Leuten, die ihr hier begegnet waren, schaffte, wie sollte sie es dann bei allen anderen erreichen?

»Nun guck nicht so schockiert. Ich war klein und meine Mom hat mich gezwungen, diese alten Filme mit ihr anzusehen. Zum Glück hat sie dafür jetzt Holly. Unser Nesthäkchen steht aber mehr auf Märchen.«

Da horchte Tania auf. »Holly mag Märchen?«

»Na klar.«

»Und sie glaubt auch daran? An die Märchen?« Hatte der Märchenrat sie nicht hergeschickt, weil angeblich niemand in Amerika mehr an Märchen glaubte?

»Sie ist neun Jahre alt. Wie weit sie wirklich noch daran glaubt, kann ich nicht sagen.«

»Wie meinst du das? Bedeutet das, dass hier nur ganz kleine Kinder an Märchen glauben?«

Jetzt sah Tommy sie an, als hätte sie nicht alle Tassen im Schrank. »Na, Erwachsene tun es ganz sicher nicht. Oder du etwa?«

»Aber natürlich! Was wären wir ohne Märchen?«

»Na, da bist du aber eine Ausnahme. Aber du bist ja sowieso irgendwie ... anders. Soll keine Beleidigung sein.«

»So habe ich es auch nicht aufgenommen. Ich bin gerne anders, wenn an Märchen zu glauben, anders sein bedeutet. Tommy, bitte erkläre mir eines: Warum glauben die Menschen nicht an Märchen?«

»Na, sieh dich um. Es passiert einfach zu viel Schlimmes auf der Welt: Terroranschläge, Selbstmordattentate, Krebs, Aids, Kriege ... Wie soll man da denn noch an das Gute glauben?«

Sie verstand kein einziges Wort von dem, was Tommy ihr sagte, aber sie wusste, dass es der einzige Ausweg aus jedem Dilemma war, trotzdem an das Gute zu glauben und positiv gestimmt zu sein.

»Tommy, das ist eine merkwürdige Einstellung, wenn ich das mal sagen darf. Wenn man immer nur das Schlechte sieht, wird einem auch Schlechtes begegnen.«

»Vielleicht hast du recht. Aber glaubst du wirklich, wenn man sich das Gute herbeisehnt, wird einem was Gutes passieren?«

»Ja, selbstverständlich. Mich hat es noch immer weitergebracht, fröhlich durchs Leben zu gehen. Märchen werden wahr, Tommy, du musst nur daran glauben.«

»Wenn ich also glaube, dass ich Millionär werde, werde ich das wirklich?«

»Das könnte schon sein.«

»Haha. Du bist echt lustig. Na, mit dem Verkauf von Hühnerteilen werde ich das bestimmt nicht.«

»Das ist es, was du tust?«, sie sah überrascht auf.

»Ja. Es ist nicht so, dass ich es tun möchte, aber sobald ich meinen High-School-Abschluss hatte, habe ich mir einen Job gesucht, um meine Eltern finanziell zu unterstützen. Die Farm bringt uns leider nicht mehr so viel ein wie noch vor ein paar Jahren. Die Wirtschaft stürzt uns alle ganz langsam in den Abgrund.«

»Warum hilfst du dann nicht lieber auf der Farm mit?«, fragte Tania. Sie dachte, dass das doch effektiver wäre.

»Das tue ich. Schon seit ich ein kleiner Junge war. Meine Mutter unterrichtet uns selbst, weißt du? Holly und ich waren nie auf einer öffentlichen Schule, davon halten unsere Eltern nichts.«

»Ich war auch nie auf einer öffentlichen Schule.«

»Nicht?«

»Nein, ich habe mein Leben lang ein Internat besucht.«

»Aaah. Jetzt geht mir ein Licht auf. Bestimmt war das so ein Internat für privilegierte Kinder, oder? Da wurde euch die Knigge beigebracht und deshalb benimmst du dich so ... na, wie du es eben tust.«

»Vielleicht. Tommy, was für eine Farm ist das eigentlich, auf der du lebst? Eine Hühnerfarm?« Außer den Hühnern hatte sie nichts gesehen.

»Hühner, Mais und Hafer. Bei so schlechtem Wetter wie heute kann man aber nicht aufs Feld raus, deshalb hast du uns heute alle im Haus angefunden.«

»Ich verstehe. Und möchtest du das für den Rest deines Lebens machen? Auf einer Hühnerfarm arbeiten? Oder in einem ... wo arbeitest du genau?«

»Bei *Romney's*. Das ist so ähnlich wie KFC.«

»Ich kenne keines von beiden.«

»Du bist wohl ganz schön weit ab von allem aufgewachsen, oder?«

»Wenn du wüsstest.«

»Also, wo kann ich dich absetzen? Meine Arbeit ist zwei Blocks von hier.«

Jetzt musste sie überlegen. Wo wollte sie hin? Im Grunde hatte sie nicht die geringste Ahnung.

»Weißt du vielleicht eine Unterkunft für mich?«

»Du bist echt nach Nashville gekommen, ohne einen Job oder eine Unterkunft in der Tasche zu haben?«

Sie nickte. »Ich dachte, es würde sich schon alles fügen.«

»Na, du bist ja optimistisch.«

»Sagte ich nicht bereits, dass ich das immer bin?«

»Ja, das sagtest du. Hm, lass mich kurz überlegen. Ich kenne da einen Musikclub, über dem auch ein paar Zimmer sind, die vermietet werden. Ich kenne die Besitzerin, Carrie Rockford. Sie hat mich ein paarmal spielen lassen.«

»Das hört sich gut an. Können wir dort hinfahren?«

»Klar.« Er bog um eine Kurve.

Tania sah sich um, sah sich dieses Nashville an, das so ganz anders aussah als Fairyland. Es gab hier so viele Häuser, die alle ganz nah aneinander gebaut waren. Außerdem liefen Leute auf den Straßen herum, die gänzlich anders gekleidet waren als die Menschen in Fairyland. Die Frauen trugen Hosen, die Männer eigenartige bunte Schnürschuhe und die Kinder hatten Bilder von Wesen auf ihren Hemden, die sie noch nie zuvor gesehen hatte. Was war das da auf dem Hemd des Jungen? Eine Fledermaus?

»Sag, Tommy. Du erwähntest, du hättest in dem Club gespielt. Was spielst du denn? Ein Instrument?«

»Jap. Gitarre.«

»Oooh. Dieses Instrument habe ich nie gelernt zu spielen.«

»Du spielst auch Instrumente? Was für eine Frage, natürlich tust du das. Du warst auf einem Internat. Wahrscheinlich spielst du Klavier oder so, richtig?«

»Ganz genau. Ich spiele Klavier. Und die Zither. Geige ebenfalls. Ich habe mich auch am Cello versucht, das ist allerdings gewaltig nach hinten losgegangen.«

»Ach ja?«

»Es hat mich einfach umgehauen.«

Tommy lachte. »Meinst du das wortwörtlich?«

»Oh ja. Plötzlich lagen wir beide auf dem Boden.«

»Das hätte ich gerne gesehen.«

»Es gab ein großes Gelächter. Dann habe ich das mit dem Cello sein lassen. Mein Lieblingsinstrument ist das Piano. Daran sitze ich auch stets, wenn ich meine Lieder schreibe.«

»Du schreibst auch eigene Songs? Das tu ich auch.«

»Ja. Du singst auch?«

»Mehr schlecht als recht. Also, ich bin nicht der begnadetste aller Sänger und singe eigentlich nur für mich.«

»Einsicht ist eine Tugend.«

»Danke. Gitarre spiele ich allerdings auch öfter mal in der Öffentlichkeit.«

»Das sagtest du bereits.«

»Hab ich das?«

»Ja. Du erzähltest mir, dass du in besagtem Club gespielt hättest.«

»Ach so, ja. Die rufen ab und zu an, wenn ein Gitarrist ausfällt. Reich werde ich davon nicht, aber ... Obwohl, du sagst ja, ich muss nur daran glauben und es könnte wahrwerden.«

»Ganz genau.« Sie lächelte ihn an, er hatte es verstanden.

Er lächelte zurück. Dann hielt er das Auto an. »Wir sind da.«

Schon? Sie hätte sich gerne noch weiter mit Tommy unterhalten. Vielleicht würde sich ein andermal die Gelegenheit ergeben, jetzt musste sie erst einmal eine Bleibe finden.

Kapitel 11

Tommy begleitete Tania in den Club hinein, über dessen Eingang ein Schild mit der Aufschrift »*Ol´ Sue´s*« stand.

»Wer ist denn diese alte Sue?«, erkundigte sich Tania bei ihm.

»Sue Wedgewood hat vor ewigen Zeiten diese Bar eröffnet.«

Sie betraten den Club und sogleich rief eine Frau, die am anderen Ende des Raums hinter der Theke stand, ihnen etwas zu: »Hi, Hühnerjunge, was machst du denn hier?«

»Hallo Carrie. Ich würde dich gerne was fragen.«

»Bin gleich bei euch!«, rief die Frau namens Carrie und trocknete ein paar Gläser ab.

»Warum nennt sie dich Hühnerjunge?«, fragte Tania.

»Na, weil sie weiß, dass ich auf einer Hühnerfarm aufgewachsen bin, und weil sie sich neulich bei *Romney´s* was zum Mittagessen geholt hat und ich sie bedient habe. Sie macht sich seitdem schrecklich über mich lustig.«

»Oh. Macht es dir etwas aus?«

»Ach, nein, wieso sollte es? Ich deale ja nicht mit Drogen oder so, sondern nur mit Hühnerteilen.« Tommy lachte sich daraufhin fast kaputt.

Tania hatte wieder einmal nichts verstanden, setzte aber ein Lächeln auf.

Carrie, eine Frau um die fünfzig mit rotem hochgestecktem Haar, einer engen, blauen Hose und spitzen Stiefeln, kam nun auf sie zu.

»Hey, ihr beiden. Wie läuft´s? Was kann ich für euch tun?«

»Das ist meine Freundin Tania«, stellte Tommy sie vor.

Es ließ sie ein wenig erröten, dass er sie als seine Freundin bezeichnete, sie hätte ihn allerhöchstens einen Bekannten genannt.

»Hallo, Tania, nett, dich kennenzulernen. Warum bringt Tommy dich her zu mir? Ganz ohne Grund seid ihr mich doch bestimmt nicht besuchen gekommen.«

Tania starrte die Frau an. Sie sprach offen aus, was sie dachte. Außerdem redete sie wie ein Mann. Ihr Ausdruck, ihre Gestik, ihre Kleidung, dazu eine unglaublich tiefe Stimme ... Tania war völlig fasziniert.

»Tania ist ganz neu in Nashville und sucht eine Unterkunft. Hast du zufällig oben noch ein Zimmer frei?«

»Wie es der Zufall so will, ist gerade eins frei geworden. Wie lange willst du bleiben, Süße?«

»Sechs Monate«, sprach sie nun für sich selbst. Es war sehr nett von Tommy, dass er versuchte zu vermitteln, aber ganz unbeholfen war sie nun auch wieder nicht.

»Sechs Monate? Was hast du vor, hier zu tun? Na, eigentlich ist das eine dumme Frage, oder? Kommt nicht jeder wegen der Musik nach Nashville?«

»Sie singt wirklich einzigartig, Carrie«, berichtete Tommy.

»Das hab ich schon oft gehört, Kleiner. Zeig mir, was du kannst, Tania, ich gebe dir zwei Minuten.«

Tania war völlig perplex. Damit hatte sie nun nicht gerechnet. Sie wollte doch eigentlich nur ein Zimmer.

»Na gut«, sagte sie und überlegte, was sie singen sollte. *A Whole New World* oder *Once Upon A Dream*?

Als hätte Tommy ihre Gedanken gelesen, flüsterte er: »Hier solltest du besser kein Märchenlied singen.«

Carrie lachte. »Was höre ich da? Märchenlieder? Da bist du hier wirklich nicht ganz richtig.«

Keine Märchenlieder? Aber was sollte sie denn sonst singen? Sie kannte doch nichts anderes. Sie hatte gehofft, hier mit der Zeit die besagte Countrymusik kennenzulernen und sich anzueignen. Aber bisher hatte sie nie welche gehört.

Und nun?

Sie erinnerte sich an die Lieder, die sie kurz vor ihrem Weggang geschrieben hatte, die, die so anders waren. Da hatte sie sich doch vorgestellt, es wäre Musik der Realen Welt. Ob sie es wagen sollte?

»Dürfte ich mich ans Klavier setzen, bitte?«, fragte sie und zeigte zur Bühne.

»Klavierspielen kannst du auch noch? Na, dann mach mal, nur zu.« Carrie machte eine einladende Geste.

Tania begab sich auf die Bühne und setzte sich an das alte braune Piano. Sie öffnete den Deckel und setzte ihren Fuß ans richtige Pedal. Sie legte ihre Hände auf die Tasten und begann zu spielen. Während ihre Finger geschmeidig über die Tasten flogen, sang sie sich die Seele aus dem Leib und hoffte, die Frau überzeugen zu können. Sie sang und sie sang und sie verlor sich in den Melodien, den Worten und dem Zauber, den sie versprühte. Als sie das Lied beendete, hörte sie ein lautes Klatschen und sah zu den beiden hinüber.

»Du lieber Himmel. Wo bist du denn hergekommen?«, fragte Carrie.

»Aus Annapolis, Maryland«, gab sie Auskunft.

»Kleine, das war rhetorisch gemeint.« Sie starrte sie an, dann sagte sie: »Also gut, Tania aus Annapolis, Maryland, du bist engagiert.«

»Wirklich?« Sie konnte es gar nicht glauben.

»Ja, na klar. Ich wäre ein Vollidiot, wenn ich dich ziehen und woanders auftreten lassen würde. Du bekommst die Mittwoch-, und die Samstagabende, wie findest du das?«

Sie verstand noch nicht so ganz. »Und ich soll dann ... hier ...?«

»Hier auftreten natürlich. Du singst zwei Stunden lang, von acht bis zehn, zur besten Zeit. Hast du ein Glück, dass ich mit Jeannie schon lange nicht mehr zufrieden bin.«

»Ach herrje, Sie wollen wegen mir eine andere Sängerin entlassen?«

»So ist das Geschäft, und Herzchen, du bist tausendmal besser als sie. Du bist besser als jede andere. Tommy, wo hast du sie nur aufgegabelt?«

»Bei uns im Hühnerstall, ehrlich gesagt.«

Carrie lachte. »Was, ehrlich?«

»Ich war in den Regen gekommen und hatte mich untergestellt.«

Carrie sah von einem zum anderen. »Was bin ich doch für ein Glückskind. Okay, hört gut zu. Ich habe da gerade eine Vision. Ihr solltet zusammen auftreten, ihr seid wirklich süß zusammen, das würde den Leuten sicher gefallen. Tommy, du bist gut an der Gitarre, das hast du mehr als einmal unter Beweis gestellt. Du begleitest Tania.«

»Aber sie ist doch selbst so gut am Klavier.«

»Das lenkt nur ab. Ich will, dass Tania dasteht auf der Bühne und die männliche Kundschaft um den Verstand bringt mit ihrer Erscheinung. Du, Tommy, sitzt hinter ihr und spielst. Lass sie der Star sein, bleib du im Hintergrund. Bekommst du das hin?«

»Man wird mich eh nicht mal wahrnehmen, wenn Tania erst singt.«

»Da könntest du recht haben. Tania, ich glaube, zusammen können wir was erreichen. Geld, Ruhm, Erfolg. Du wirst schon sehen, bald werden sie uns die Türen einrennen.«

Tania strahlte. So leicht war das? Damit hatte sie aber nicht gerechnet.

»Hört sich alles fantastisch an«, sagte Tommy. »Leider muss ich jetzt zu meiner Schicht bei *Romney´s*, ich bin schon viel zu spät dran.«

»Wenn das hier so läuft, wie ich es mir vorstelle, dann kannst du da bald kündigen. Aber nur zu, geh zu deiner Schicht. Tania und ich haben eh noch einiges zu besprechen. Komm einfach morgen früh vorbei, ja? Sei um zehn hier.«

»Abgemacht«, sagte er.

»Vielen Dank für alles, Tommy«, wandte sich Tania noch einmal an ihn, denn sie war ihm wirklich überaus dankbar.

»Keine Ursache. Wir sehen uns morgen.« Er winkte und weg war er.

Während sie ihm noch nachsah, hakte sich Carrie bei ihr ein. »Also, Herzchen, wir haben einiges zu tun.«

»Was denn?«

»So umwerfend deine Stimme auch ist, *so* kannst du dich nicht auf die Bühne stellen.« Sie sah an ihr herunter, ziemlich abfällig.

»Das sind nur ... Tommys Mutter hat mir die Sachen gegeben, weil mein Kleid so durchnässt war.« Sie drehte sich nun um, nahm das goldene Kleid vom Stuhl, das sie zuvor dort abgelegt hatte, und hielt es in die Höhe.

Carrie lachte. »Das kannst du aber auch nicht auf der Bühne anziehen. Wir sind hier kein 5-Sterne-Restaurant, wir sind eine Country-Bar.«

»Und was soll ich dann anziehen? Ich habe nichts anderes dabei.«

»Ich frage besser nicht, wieso du allein unterwegs bist ohne Gepäck. Das will ich gar nicht wissen. Also, brauchst du einen kleinen Vorschuss?«

»Ich habe selbst Geld, danke.«

»Gut. Dann nimmst du jetzt dieses Geld und gehst dir was zum Anziehen kaufen, und zwar was Passendes. Jeans, Cowboyboots und ein sexy Oberteil. Sind deine Haare echt?«

Tania nickte.

»Könnten zu deinem Markenzeichen werden. Wir lassen uns was dafür einfallen.«

Tania atmete einmal tief durch. Das war wirklich viel auf einmal. Aber sie würde sich schon zurechtfinden.

Carrie brachte sie nun hoch auf ihr Zimmer und zeigte ihr das Bad, das die Hausbewohner sich teilen mussten.

»Ich hoffe, das ist okay für dich?«

Tania sah sie an und wiederholte ihre Worte: »Okay.« Obwohl so gar nichts okay war. Sie sollte sich ein Badezimmer mit fremden Menschen teilen? Das Zimmer war auch ganz klein und mickrig, und sie sollte sich etwas namens Jeans und Cowboyboots besorgen.

Nachdem Carrie sie allein ließ, setzte sie sich auf ihr neues Bett. Eine Sprungfeder bohrte sich in ihren Hintern. Sie starrte auf die Tapete, die Frauen auf Pferden mit Seilen in der Hand zeigten. Dies war also Nashville. Daran würde sie sich wahrlich erst gewöhnen müssen.

Kapitel 12

Nachdem Tania eine ganze Weile dagesessen hatte, beschloss sie, dass es ja überhaupt nichts brachte, Trübsal zu blasen, stattdessen wollte sie sich jetzt aufmachen und die Gegend erkunden – ihre neue Heimat.

Sie verließ das Zimmer und schloss die Tür mit dem Schlüssel ab, den Carrie ihr gegeben hatte. Sie steckte ihn in ihren Beutel und überlegte es sich anders. Sie schloss die Tür wieder auf, nahm zwei Drittel ihres Geldes, das sie bei den Millers getrocknet hatte, heraus und legte es in eine der Schubladen der dunklen Holzkommode, die an der Zimmerwand gegenüber des Bettes stand. Cole hatte ihr gesagt, dass sie auf der Hut vor Dieben sein sollte, deshalb wollte sie nicht mit ihrem gesamten Geld hinausgehen. Wenn es ihr nun geklaut wurde, würde sie nichts zum Leben haben.

Sie musste eine ganze Weile mit dem auskommen, was der Märchenrat ihr mitgegeben hatte, und sie wusste ja nicht, wann sie ihr erstes Geld verdienen und wieviel es sein würde. Darüber hatten sie noch gar nicht gesprochen. Carrie hatte ihr lediglich gesagt, dass das Zimmer wöchentlich einhundertachtzig Dollar kostete und sie hatte bereits für die erste Woche im Voraus bezahlt. Normalerweise nehme sie eine Kaution, hatte Carrie ihr gesagt, doch bei Freunden von Tommy mache sie eine Ausnahme, und bei zukünftigen Angestellten ebenfalls.

Nun ging Tania aber endlich vor die Tür. Dazu musste sie die Bar durchqueren. Da diese um 18:00 Uhr öffnete, saßen dort bereits einige Leute, meist Herren, tranken und unterhielten sich. Es spielte eine Musik im Hintergrund, die aus dem Nichts zu kommen schien, und Tania fragte sich, ob es sich dabei wohl um Countrymusik handelte.

Sie winkte Carrie, die wieder hinter der Theke stand, zu und verließ das Gebäude. Draußen betrachtete sie es noch einmal. Es war ziemlich alt und rustikal, von außen war es schwarz-braun gestrichen und es hingen einige Blumenkästen und Töpfe an der Fassade herunter. Tania konnte Geranien ausmachen und auch Margeriten. Sie freute sich, dass es diese auch in der Realen Welt gab; Blumen bereiteten ihr stets eine große Freude. Am allerliebsten hatte sie rote Rosen.

Sie ging die Straße entlang und hielt dabei ihren Beutel ganz besonders gut fest. In dieser merkwürdigen Aufmachung kam sie sich noch immer albern vor, deshalb freute sie sich umso mehr, als sie ein paar Straßen weiter ein Bekleidungsgeschäft entdeckte. Sie betrat es und es kam ihr sogleich eine freundlich lächelnde Verkäuferin entgegen, die ihr sagte, dass sie sich an sie wenden könne, wenn sie Hilfe brauche.

»Eigentlich bräuchte ich bereits jetzt Hilfe«, sagte Tania. Sie wollte nicht allzu dumm erscheinen und ganz offen fragen, was eine Jeans war, also tat sie es auf diese Weise: »Wo haben Sie denn Jeans?«

Die kleine, brünette Frau lächelte wieder, oder besser gesagt noch immer, und deutete in die Ecke des Geschäfts. »Dort vorne haben wir eine große Auswahl an Jeanshosen. Tragen Sie lieber Stretch oder Bootcut?«

Das wusste Tania leider selbst nicht, jedoch erinnerte sie sich daran, dass Carrie ihr gesagt hatte, dass sie Cowboyboots tragen sollte, also sagte sie: »Bootcut, bitte.«

Die Verkäuferin führte sie zu mehreren Regalen, in denen besagte Jeans lagen. »Sehen Sie sich ein bisschen um. Wie gesagt, wenn Sie Hilfe brauchen, ich bin nicht weit.«

»Vielen Dank.«

Hm. Das waren also Jeans. Das war genau die Art von Hosen, die sie eh schon den ganzen Tag trug. Dabei war ihr dies nicht einmal bewusst gewesen.

Sie nahm eine der Hosen vom Regal herunter und erkannte sofort, dass sie viel zu groß war.

Wenn sie doch nur ihre Größe wüsste. Endlich fand sie eine, die so aussah, als könnte sie passen, und wandte sich wieder an die Verkäuferin, die ihr sagte, sie könne sie in der Umkleidekabine anprobieren.

»Möchten Sie denn aber nicht gleich noch eine zweite mitnehmen?«, fragte sie, sah auf die Größe der Hose und suchte ihr zwei weitere Hosen heraus, die Tania nun alle anprobierte. Sie saßen alle drei perfekt, auf jeden Fall figurbetonter und weitaus besser als das alte Ding von Jennifer.

»Ich nehme sie alle«, beschloss sie. Dann hatte sie erst einmal ausgesorgt. Sie hatte ja überhaupt nichts zum Anziehen dabei.

»Sehr schön. Darf es sonst noch etwas sein?«

»Ich brauche etwas, das Carrie sexy Oberteile nannte.«

»Oooh. Na, da werden wir doch was für Sie finden«, sagte die Frau, ging im Laden herum und brachte ihr sogleich einige Teile, die sie ihr präsentierte. »Was halten Sie davon?«

Sie hielt ihr ein sehr tief ausgeschnittenes, sehr knappes Oberteil vor die Nase. Dann ein Hemd, es war ebenso kariert wie das, welches sie anhatte, jedoch weit aufreizender. Ob sie so etwas tragen konnte? Das ziemte sich doch wirklich nicht für eine Prinzessin.

»Meinen Sie nicht, ich sollte sie eine Nummer größer nehmen? Oder zwei?«

»Nein, nein, die gehören so eng. Sie wollten doch etwas, das sexy ist, oder? Mit Ihrer Figur können Sie das super tragen. Kommen Sie, probieren Sie die Sachen mal an.«

Das tat Tania, und die Teile passten. Genau wie die Hosen saßen sie perfekt, die Verkäuferin hatte wirklich ein gutes Augenmaß. Jedoch fand Tania die Sachen noch immer zu aufreizend, und was Carrie mit »sexy« meinte, war ihr jetzt auch klar.

»Ich weiß nicht«, sagte Tania unsicher und betrachtete sich vorm Spiegel. »Was meinen Sie?«

»Ich meine, Sie sehen toll aus, und jeder Kerl ab vierzehn wird völlig von der Rolle sein.«

Eigentlich wollte sie ja mit ihrem Gesang überzeugen, aber schaden würde es sicher nicht, wenn sie auch optisch eine gute Figur machte. Zumindest war es ja das, was Carrie wollte.

Sie fragte sich, was Tommy wohl sagen würde, wenn er sie so sah. Und dann fragte sie sich fast zeitgleich, was sie da nur für Gedanken hatte. Es war doch völlig egal, was Tommy dachte. Er war allerhöchstens ihr Freund, jemand, den sie erst heute kennengelernt hatte, jemand, der ihr zwar sehr behilflich gewesen war, in den sie sich aber niemals verlieben würde. Herrje, *er* war ganz sicher nicht der Richtige.

»Miss?« Die Verkäuferin sah sie fragend an.

»Bitte entschuldigen Sie, ich habe wohl gerade vor mich hingeträumt.«

»Das passiert mir auch ständig. Dann träume ich von Ben Affleck. Finden Sie den auch so toll wie ich?«

»Ich kenne ihn leider gar nicht.«

»Echt nicht? Hm, hätte nicht gedacht, dass irgendeine Frau den Mann nicht kennt. Na, ist ja auch egal. Er wird eh für immer unerreichbar sein. Was ich eben von Ihnen wissen wollte, war, was Sie von einem neuen BH halten. Wir haben im Nebenraum auch Dessous.«

Tania trug noch immer ihr Korsett. Soweit sie es beurteilen konnte, trugen die Frauen hier keine solchen.

»Sie dürfen mir gerne etwas Passendes bringen.«

Sie probierte noch eine ganze Weile alle möglichen Dinge an, die ihr gebracht wurden, und verließ das Geschäft um Viertel vor acht mit zwei großen Tüten voll mit Jeanshosen, sexy Oberteilen, neuer Unterwäsche und einer Jeansjacke. Das Einzige, was noch fehlte, waren Cowboyboots. Als sie die Dame danach fragte, sagte diese ihr, dass sie solche im Western-Store auf der anderen Straßenseite finden würde. Leider hatte dieser schon geschlossen, aber Tania war eh viel zu müde, um jetzt noch so einen Anprobemarathon durchzuführen, also verlegte sie dies auf morgen und ging zurück zur Bar.

Carrie sah sie mit all den Sachen zurückkommen und rief ihr zu: »Na? Bist du fündig geworden?«

»Ja, ich habe fast alles bekommen, was ich gesucht habe.«

Carrie hielt einen Daumen in die Höhe und bediente weiter ihre Kunden. Es war jetzt 20:20 Uhr und der Club war schon viel voller als noch vor zwei Stunden. Sie sollte auch um diese Uhrzeit auftreten, an Mittwochen und Samstagen, sie war bereits jetzt ganz aufgeregt. Vor allem weil sie bei diesen Auftritten ein völlig neuer Mensch sein würde.

Lächelnd ging sie die Treppe hoch, legte die Tüten ab, legte sich aufs Bett und schlief ein, vollkommen vergessend, dass sie nicht einmal ein Abendessen zu sich genommen hatte.

Kapitel 13

Als Tania am nächsten Morgen erwachte, wusste sie erst gar nicht, wo sie war. Ihr tat alles weh, sie stöhnte und rappelte sich auf. Dann fiel es ihr wieder ein: Sie war in Nashville.

Nachdem sie die schreckliche, harte Matratze erst einmal verflucht hatte, ging sie ins Bad und wollte sich fertigmachen. Dann fiel ihr allerdings ein, dass sie ja noch gar keine Kosmetika und nicht einmal eine Bürste oder Zahnputzsachen dabei hatte. Sie ging zurück auf ihr Zimmer und nahm sich ihren Beutel, dann fiel ihr Blick jedoch in den Spiegel und sie beschloss, dass sie in diesen alten Sachen nicht noch einmal das Haus verlassen wollte. Sie tauschte sie also gegen eine der neuen Hosen und das karierte Hemd aus, die sie gestern erworben hatte. Ihr Haar flocht sie sich zu einem langen Zopf, der ihr bis zu den Kniekehlen herabhing.

Sie warf einen kurzen Blick auf ihr Notenheft, dessen Seiten endlich getrocknet waren, auch wenn die Schrift schrecklich verschmiert war, dann hüpfte sie die Stufen zur Bar hinunter.

Als sie lächelnd die letzte Stufe nahm, hörte sie auch schon eine Stimme.

»Da bist du ja endlich. Ich wollte gerade schon an deine Tür klopfen«, sagte Carrie, die in einem viel zu kurzen Rock und unglaublich hohen Schuhen vor ihr stand und sie zufrieden ansah. Tommy stand neben ihr und er sah so aus, als würden ihm gleich die Augen herausfallen.

»Guten Morgen, Carrie. Guten Morgen, Tommy. Bin ich spät dran?«

»Es ist zehn nach zehn. Hast du keine Uhr?«

Oje. So spät war es bereits? Sie hatte also trotz der harten Matratze dreizehn Stunden durchgeschlafen?

»Nein, ich habe keine. Es tut mir sehr leid, dass ich mich verspäte.«

»Was ist mit einem Handy? Nächstes Mal stellst du dir am besten deinen Wecker.«

»Auch so etwas besitze ich leider nicht.«

»Kein Handy? Du brauchst aber ganz dringend eins. Wenn du für mich arbeitest, will ich dich auch jederzeit erreichen können. Besorg dir eins, okay?«

Tania nickte, obwohl sie nicht den leisesten Schimmer hatte, wovon diese Frau da redete. Sie solle sich eine Uhr kaufen, auf der sie sie erreichen konnte? Was hatten die Leute hier denn für Uhren?

Carrie sah nun Tommy an und schmunzelte. »Nun kommt, setzen wir uns hin, bevor Tommy hier noch einen Herzstillstand kriegt.«

Tania kicherte.

Tommy schüttelte den Kopf, als würde er aus einer Trance erwachen wollen. »Hi, Tania. Wie geht's dir heute?«

»Sehr gut, danke sehr.« Mal abgesehen davon, dass sie weder ein Bad genommen noch sich die Zähne geputzt noch sich geschminkt noch angenehm geschlafen hatte. Jeder Muskel ihres Rückens tat ihr weh.

»Du siehst einfach ... wow! Du siehst unglaublich aus!«

»Sie trägt `ne Jeans und `n Hemd«, erinnerte ihn Carrie.

»Es steht dir ganz wunderbar.«

»Danke sehr«, sagte Tania und errötete.

»Ja, ist okay«, stimmte Carrie zu. »Auf jeden Fall schon mal besser als gestern. Nur die goldenen Schühchen passen ja wohl überhaupt nicht dazu.«

Tania sah an sich herunter. »Ich gehe mir nachher diese Cowboyboots kaufen, von denen Sie sprachen, Miss.«

»Nenn mich Carrie, und hier wird sich geduzt, Schätzchen. Nur keine Förmlichkeiten, darauf stehe ich nicht.«

Tania nickte und sie setzten sich an einen der Tische. Der Club war kaum wiederzuerkennen, wenn er so vollkommen leer war. Sie erinnerte sich noch gut an die vielen Gäste und die laute Musik am Abend zuvor, jedoch hatte nicht einmal diese sie vom Schlafen abgehalten, so müde war sie gewesen. Sie hatte ja auch eine weite Reise hinter sich.

»Carrie, dürfte ich dich um etwas bitten?«

»Klar doch.«

»Mein Zimmer ... es ist so ... anders als mein Zimmer zu Hause.«

»Ja, das kann ich mir vorstellen. Wie sah denn dein Zimmer zu Hause aus?«

»Es war groß und golden und wunderschön. Ich hatte ein Himmelbett, eine Decke aus Seide, einen Schminktisch und einen kleinen Papageien.«

Die beiden starrten sie an, als wäre sie verrückt, als hätte sie ihnen erzählt, es hätte statt des Papageis eine ganze Einhornfamilie mit bei ihr im Zimmer gehaust.

»Ist nicht dein Ernst.«

»Oh doch, natürlich.«

»Tania ist auf ein Internat gegangen«, versuchte Tommy zu erklären.

»Aha. Bist du reich oder so was? Das hattest du bisher nicht erwähnt.«

Hm. War sie reich? Nun ja, ihre Eltern regierten immerhin ein ganzes Königreich, sie besaßen ein Schloss, Kronjuwelen, ein paar Kutschen, Kleider aus den besten Stoffen …

»Nun, meine Familie ist sehr angesehen, da, wo ich herkomme.«

»Wo war das nochmal?«

»Annapolis, Maryland.«

»Na, dann muss ich deine Familie wohl mal googeln.«

Tania wusste nicht, was das bedeutete, es war ihr aber gerade auch egal. Sie hatte Wichtigeres im Kopf.

»Nun, Carrie, ich fühle mich in dem Zimmer oben noch nicht so richtig zu Hause. Dürfte ich vielleicht ein wenig was ändern? Neue Gardinen aufhängen, eine Leselampe aufstellen, neue Bettwäsche kaufen?«

»Klar, ist dein Zimmer.«

»Und da wäre noch etwas. Die Matratze …«

»Haben diese Kanalratten aus Zimmer 5 sie wieder ausgetauscht, ja? Hab ich´s mir doch gedacht.«

In Zimmer 5 gab es Kanalratten? Herrje. Aber wie konnten Kanalratten denn nur eine große und schwere Matratze austauschen?

»Ich werde mich drum kümmern, ja? Weißt du was? Am besten bestellen wir dir einfach eine neue, das ist eh längst überfällig. Nur das Beste für meine neue Star-Sängerin. Und da wir endlich beim Thema wären, lasst uns den künftigen Ablauf besprechen.«

Sie besprachen, und am Ende des Vormittags war alles geregelt. Tania und Tommy setzten sich zusammen und stimmten ihr Programm ab. Von den Liedern, die Tommy ihr vorschlug, kannte sie leider noch keines, aber er bot an, in jeder freien Minute vorbeizukommen, um sie mit ihr einzuüben. Denn am Samstag sollten sie schon zum ersten Mal zusammen auftreten. Wenn es gut lief und die Gäste in den Laden stürmten, wie Carrie es sich vorstellte, sollten aus den zwei Abenden die Woche sogar drei oder vier werden. Pro Abend sollte jeder der beiden einhundertfünfzig Dollar bekommen, für den Anfang.

Tania rechnete aus. Mit dem, was sie an Geld noch übrig hatte, und dem, was sie hier verdienen würde, würde sie die nächsten sechs Monate auskommen. Tommy freute sich ebenfalls über den Festauftrag und dass er seine Eltern auf diese Weise noch ein wenig mehr unterstützen konnte. Er war ein guter, ein ehrenwerter junger Mann. Nur war er halt kein Prinz, sondern ein Hühnchenverkäufer. Niemals hätte Tania sich mehr ausgemalt, aber er war ihr Freund, und in den nächsten Tagen wuchs ihre Freundschaft immer noch ein wenig mehr.

Schon nach dem Treffen im Club begleitete Tommy sie in die Drogerie, wo sie sich alle nötigen Schmink- und Hygieneutensilien kaufte, und in den Western-Store, wo er ihr beim Aussuchen von Cowboyboots behilflich war. Am Abend lud er sie zur Feier des Tages zu einem Steak ein. In dem rustikalen, im Country-Style gehaltenen Steakhouse gefiel es ihr sehr gut. So langsam bekam sie ein Gefühl dafür, was Country war, und auch die Musik gefiel ihr. Ja, damit konnte sie sich anfreunden, und es würde ihr nicht einmal schwer fallen.

Kapitel 14

Die Tage vergingen. Am Abend vor ihrem Auftritt saßen Tania und Tommy zusammen mit Jennifer, Cole und Holly am Lagerfeuer und rösteten Marshmallows. Tania fand diese Tradition einfach nur fantastisch. Einen Marshmallow an einen Stock zu spießen, ihn übers heiße Feuer zu halten, bis er begann zu schmelzen, und dann die köstliche klebrige Masse in den Mund zu stecken, war beinahe der Himmel auf Erden für sie.

Sie vermisste ihre Familie inzwischen ganz schrecklich, besonders ihre liebe Mutter. Sie hatte nicht geahnt, dass es so schwer sein würde, von ihr getrennt zu sein. Sie vermisste es, wie sie ihr das Haar kämmte, ihr Geschichten erzählte, sie vermisste ihr Lächeln und ihre Anwesenheit. Gerade deshalb war sie froh, hier so etwas wie eine zweite Familie gefunden zu haben, und sie hatte sogar ein paar Geschwister dazubekommen.

Tommy stimmte jetzt ein Lied an, und während er auf der Gitarre spielte, sang Tania den neusten Countrysong, den sie gelernt hatte. Die anderen stimmten ein, es machte einen Riesenspaß.

»Performt ihr morgen auch diesen Song?«, fragte Jennifer.

»Ja. Wir haben uns sogar überlegt, ihn als Einstieg zu nehmen«, erwiderte Tommy.

»Das solltet ihr unbedingt tun. Er hört sich wirklich wunderschön an.«

»Damit werdet ihr alle umhauen«, stimmte Cole zu.

»Darf ich auch kommen und zusehen?«, fragte Holly mit glänzenden Augen.

»Das geht nicht. In der Bar sind keine Kinder erlaubt«, musste Tommy die Kleine enttäuschen.

»Och Manno!« Sie verschränkte beleidigt die Arme. »Und wenn ihr mir einen gefälschten Ausweis besorgt und wir sagen, ich bin schon achtzehn?«

»Wo hast du das wieder her? Du siehst dir definitiv zu viele Filme an!« Tommy warf einen strengen Blick auf seine Mutter.

Jennifer hob abwehrend die Hände. »Ich bin nicht schuld an ihren Fantasien.«

»Guter Vorschlag, Süße«, sagte nun Cole. »Aber ich glaube nicht, dass du als achtzehn durchgehst.«

»Das ist unfair! Nie darf ich irgendwo dabei sein!«

Tania sah sie liebevoll an und sagte sanft: »Du bist doch *jetzt* dabei.«

»Ja, das stimmt«, beruhigte Holly sich gleich wieder. »Können wir noch ein Lied singen?«

»Natürlich. Wir können noch ganz viele Lieder singen.«

Das taten sie, noch bis spät in die Nacht hinein. Holly war längst eingeschlafen, das Licht des Feuers fiel ihr warm ins Gesicht, als Jennifer vorschlug, dass Tania doch heute bei ihnen übernachten könne.

Sie nahm den Vorschlag an, nicht nur weil es spät war, sondern vor allem weil sie nicht ganz allein in ihrem Zimmer hocken wollte. Sie hatte es sich zwar inzwischen ganz hübsch eingerichtet, doch fühlte sie sich dort noch immer nicht ganz zu Hause und die meiste Zeit über ziemlich einsam.

Jennifer machte ihr das Gästebett zurecht und lieh ihr ein Nachthemd. Als sie ihr gute Nacht sagte, stiegen Tania Tränen in die Augen.

Sie war fast schon eingeschlafen, als Tommy leise an die Tür klopfte.

»Ich bin's. Darf ich reinkommen?«

»Natürlich«, sagte sie, obwohl es ihr nicht ganz geheuer war. Sie hatte noch nie einen Jungen in ihrem Zimmer gehabt, und sie trug lediglich ein Nachthemd! Sie zog die Bettdecke hoch bis zum Kinn.

»Geht's dir gut? Du wirktest heute zwischendurch ein wenig traurig.«

»Es geht mir gut, danke. Ich habe nur ein wenig Heimweh.«

»Ruf doch morgen mal zu Hause an. Mit dem Handy, das ich dir besorgt habe, geht es doch ganz einfach.«

Sie nickte nur. Was sollte sie daraufhin auch sagen? Dass es in Fairyland keine Telefone gab?

»Morgen wird toll, Tania. Wir werden den Laden rocken. Du wirst sehen, alle werden dich lieben.«

»Glaubst du wirklich?«

»Ich bin mir ganz sicher. Man kann dich einfach nur lie ... ich meine, deine Stimme, man kann sie nur lieben.«

»Danke, Tommy. Du bist ein guter Freund. Fast bist du sogar so etwas wie ein Bruder für mich.«

»Ein Bruder, hm?«

»Ja. Ist es nicht wundervoll, dass wir zueinander gefunden haben?«

»Ja, das ist es. Hab ich dir erzählt, dass ich mit Macy Schluss gemacht habe?«

»Nein. Oh, warum denn nur, Tommy? Ich dachte, ihr wärt so glücklich?«

»Sie war einfach nicht die Richtige. Und ich will mich jetzt voll und ganz auf die Musik konzentrieren.«

»Gut, Tommy. Wir beide werden ganz groß rauskommen.«

»Das werden wir. Gute Nacht, Tania.«

Er verließ das Zimmer, und Tania wusste nicht warum, aber sie fühlte sich ganz eigenartig. Sie war fast ein bisschen froh darüber, dass Tommy sich von seiner Macy getrennt hatte. Welch furchtbare Gedanken! Sie sollte den Leuten doch dabei helfen, ihr Liebesglück zu finden und sich nicht darüber freuen, dass es damit vorbei war!

Ab sofort würde sie sich auch nur noch auf die Musik und auf ihre Aufgabe konzentrieren, beschloss sie. Nichts war wichtiger als das.

Am nächsten Abend war es dann soweit. Sie hatten ihre erste Vorstellung. Wie von Carrie gehofft und von Tommy nicht anders erwartet, sang Tania sich die Seele aus dem Leib. Sie legte all ihr Gefühl, all ihre Sehnsucht und all ihre Hoffnung in ihre Stimme und brachte nicht nur die Frauen im Publikum zum Weinen.

Sie harmonierte einfach fabelhaft mit Tommys Gitarrenspiel, und am Ende des Abends hatte *Ol´ Sue´s* nicht nur einen Haufen neuer Stammkunden gefunden, es hatten auch alle Liebenden im Raum wieder zueinandergefunden. Da, wo die Liebe fast schon verschwunden war, war sie wieder da, ein Mann war sogar auf die Knie gegangen und hatte seiner Liebsten einen Heiratsantrag gemacht.

Tania hatte ihre Aufgabe erfüllt, und sie wollte es noch an vielen Abenden tun. Sie hatte gelernt, dass man die Leute mit jeder Art von Musik verzaubern konnte, nicht nur mit Märchenliedern.

Diese Welt war keine Märchenwelt, und doch konnten auch hier Märchen wahrwerden. Tania würde ihr Bestes geben, um dazu beizutragen.

♥

4 MONATE SPÄTER

♥

Kapitel 15

»Schätzchen, was soll ich uns bestellen?«, fragte Carter Simmons und nahm den Telefonhörer ab.

»Ich nehme ein Steak, gut durch, bitte.«

»Du kannst von Steak wohl nie genug bekommen, oder? Möchtest du Kartoffeln dazu?«

»Nein, danke. Bloß keine Kohlenhydrate, sonst passe ich nicht mehr in meine Kleider rein. Ein kleiner Salat reicht.«

Carter rief den Zimmerservice an und tätigte seine Bestellung. Währenddessen legte Tania ihre Füße hoch und atmete durch. Es war eine lange Woche gewesen, sie hatte ein wenig Erholung verdient.

»Wann fahren wir morgen zurück nach Nashville?«, fragte sie.

»Der Fahrer holt dich um zehn Uhr morgens ab. Ich muss noch weiter nach Lexington.« Dort war seine Agentur.

»Oh. Ich dachte, wir fahren zusammen zurück?«, sagte sie enttäuscht. Sie mochte es gar nicht, so lange allein im Auto zu sitzen, sie mochte überhaupt noch immer nicht gern allein sein. Und die Fahrt von St. Louis zurück nach Nashville würde an die fünf Stunden dauern.

Sie war auf einer kleinen Tour gewesen, die in Jackson begonnen, in Memphis Halt gemacht und in St. Louis geendet hatte. Carter Simmons, ihr Manager, hatte ihr einige Auftritte in exklusiven Nachtclubs und sogar in zwei kleineren Konzerthallen besorgt. Sie war kurz davor, ein richtiger Star am Countrymusik-Himmel zu werden. Für die Leute, die sie kannten, war sie es schon längst. Carrie war unglaublich stolz darauf, sie entdeckt zu haben, und Cole, Jennifer, Holly und vor allem Tommy teilten ihre Begeisterung und freuten sich für sie. Vor zwei Wochen war sogar ein Artikel über sie in der Zeitung erschienen und für nächste Woche war ein Auftritt in einer Late-Night-Show geplant.

»Wie werde ich jemals darüber hinwegkommen, dass du mir den Rücken zugewandt hast?«, sagte Carrie jedes Mal, wenn sie sie sah, allerdings sagte sie es mit einem Lächeln. Denn sie hatte von Anfang an gewusst, dass Tania nicht ewig im *Ol´ Sue´s* singen würde. Sie hatte ihr Potential schon erkannt, als sie zum ersten Mal für sie gesungen hatte, und freute sich ganz wahnsinnig, dass sie jetzt groß rauskam. Nichts anderes habe sie verdient. »Vergiss mich nur nicht, wenn du ein großer Star bist«, sagte sie ihr.

Dann aber, kurz vor ihrem ersten großen Auftritt bei einer Abendveranstaltung, sagte er ab. Sagte ihr, sie solle allein machen, er werde von nun an nicht mehr dabei sein.

Sie hatte es bis heute nicht verstanden, und auch nicht, dass Tommy sich von ihr abzuwenden schien. Er ließ nur noch sehr selten von sich hören, unternehmen taten sie gar nichts mehr. Tania vermisste ihn. Er war doch die einzige Familie, die sie hier hatte.

»Ich bin todmüde«, sagte sie gähnend, als sie aufgegessen hatte.

»Du hast dir deinen Schlaf verdient, Tania. Morgen muss ich schon früh los, wir werden uns also nicht mehr sehen.«

»Wann kommst du wieder nach Nashville?«, fragte sie.

»Bei deinem Auftritt in der Late-Night-Show am Donnerstag werde ich auf jeden Fall dabei sein, keine Sorge.«

Da war sie aber erleichtert. Ein Fernsehauftritt war eine aufregende Sache, sie war froh, sie nicht allein durchstehen zu müssen.

»Das ist schön, Carter.«

Sie öffnete ihre Hochsteckfrisur und ließ ihr nun weit kürzeres Haar fallen. Das war eines der Dinge, auf die Carter bestanden hatte: Sie sollte ihr langes Haar abschneiden. Es sei nicht vorteilhaft, hatte er gesagt. Jetzt mit dem neuen

»Wie könnte ich dich jemals vergessen?«, antwortete Tania dann.

Das Steak wurde gebracht und Tania genoss jeden Bissen.

Seit Tommy sie an ihrem zweiten Abend in Nashville auf ein Steak eingeladen hatte, konnte sie gar nicht genug davon kriegen. Es war schon etwas anderes als immer diese winzigen Filets, die sie in Fairyland aufgetischt bekamen. Sie musste, wenn sie zurück war, ihrer Köchin unbedingt sagen, dass sie ihnen auch einmal solche Steaks zubereiten sollte, schön kräftig gewürzt und kross gebraten. Sicher würde es ihren Eltern auch gut munden.

Sie hatte lange nichts von Tommy gehört. Ihre gemeinsamen Auftritte im Club hatten sie zusammengeschweißt, sie zu einem richtig guten Team gemacht, und auch in ihrer Freizeit hatten sie viel unternommen. Seitdem Carter Simmons sie aber entdeckt und unter Vertrag genommen hatte, hatte sich etwas verändert.

Tania hatte extra noch darauf bestanden, dass Tommy auch mit dabei sein sollte, ohne Tommy werde sie nicht unterschreiben, hatte sie Carter gesagt und er hatte sich einverstanden erklärt. Es war für Tania von Anfang an klar gewesen: Ohne Tommy würde sie nicht auftreten, erstens weil sie so gut miteinander harmonierten und zweitens weil sie ihn nicht im Stich lassen wollte.

Schnitt sehe sie weit erwachsener und reifer aus, und schöner.

Sie hatte schon seit einer Weile das Gefühl, dass Carter sie mehr mochte als seine anderen Klientinnen. Er war bei fast all ihren Auftritten dabei, stand ihr zur Seite, ging mit ihr shoppen, brachte ihr Blumen ...

Auch sie musste zugeben, dass sie in den letzten sechs Wochen Gefühle für ihn entwickelt hatte, die nicht mehr zu leugnen waren.

Ob sie verliebt war, wusste sie nicht. Jedoch konnte sie sich bei Carter Simmons schon vorstellen, dass er der Richtige war. Immerhin war er angesehen in der Musikbranche, er stand mit beiden Beinen fest im Leben, hatte Geld, sah zudem gut aus und war charmant. Seine blauen Augen und das wellige dunkelblonde Haar verliehen dem Ganzen noch das i-Tüpfelchen. In ihren Augen war er ein echter Märchenprinz.

Was ihre Mutter wohl zu ihm gesagt hätte? Und noch viel wichtiger: Was sie wohl zu ihrer neuen Frisur sagen würde?

Ihre schönen langen Haare waren ab. Sie bewahrte sie in einer Tüte auf, die sie in ihren Samtbeutel getan hatte, den sie schon lange nicht mehr benutzte. Seit sie statt der einhundertfünfzig Dollar pro Abend eintausend oder sogar mehr verdiente, hatte sie sich neu eingekleidet. Für die Auftritte jetzt brauchte sie auch eine ganz andere Garderobe, meist trug sie elegante Abendkleider und rollte sich das Haar zu Locken auf. Auch schminken tat sie sich jetzt auffälliger. Sie könnte glatt für Mitte zwanzig durchgehen.

Carter hauchte ihr einen Abschiedskuss auf die Wange und wünschte ihr eine gute Nacht. Tania ging kurze Zeit später ins Bett, ein unglaublich bequemes Bett in einem luxuriösen Hotelzimmer, das ihr der Firmeninhaber, für dessen Abendgala sie heute gesungen hatte, zur Verfügung gestellt hatte.

Es war fast wie in alten Zeiten, und doch war es vollkommen anders. Hier waren keine anderen Prinzessinnen in der Nähe, an deren Türen sie noch spät abends klopfen und mit denen sie reden, kichern und von ihrem Traumprinzen schwärmen konnte.

Sie fragte sich, was Wanda wohl in Miami machte und ob es ihr gutging. Und all die anderen Prinzessinnen? Erfüllten sie ihre Aufgaben ebenso gut? Waren sie alle glücklich an ihren Magical-Orten? In nur zwei Monaten würde sie sie alle wiedersehen, aber zwei Monate erschienen ihr auf einmal so schrecklich lang.

Sie fehlten ihr alle so sehr. Ihre liebe Mutter, ihr Vater, ihre Freundinnen. Und Tommy. Sie vergoss ein paar kleine Tränchen und schlief dann ein, nur um von ihnen allen zu träumen. Am liebsten wäre sie erst in zwei Monaten wieder aufgewacht.

Kapitel 16

Zurück in Nashville packte sie ihre Sachen aus und setzte sich in ihrem schicken Apartment ans Klavier. Manchmal konnte sie noch immer nicht glauben, dass sie es wirklich drei Monate lang in dem kleinen Zimmer über der Bar ausgehalten hatte. Sobald sie es sich leisten konnte, hatte sie sich für die restliche Zeit eine wunderschöne Suite gemietet und sich ein Klavier gekauft, denn ohne ein eigenes Klavier war sie einfach nicht vollkommen.

Sie übte ein Stück ein, das sie am Donnerstag in der Fernsehshow performen würde. Sie hatte sich für einen Song entschieden, den sie zusammen mit Tommy geschrieben hatte: *Waiting For You*.

Er handelte von einer jungen Frau, die zu schüchtern war, den Mann anzusprechen, den sie liebte. Er verliebte sich in eine andere, und die Frau ging nun am Fluss spazieren und sann über ihr Unglück nach. Dann begann es auch noch zu regnen und sie beschloss, ihrem Leben ein Ende zu machen. Kurz bevor sie sich aber von der Brücke in die Tiefen des Flusses stürzen wollte, besann sie sich eines Besseren und beschloss, auf den Mann zu warten. Als die andere dreißig Jahre später starb, war er endlich wieder frei und die Frau gestand ihm ihre Liebe. Und er sagte ihr, dass er sie damals auch geliebt hatte und nur zu schüchtern gewesen war, es ihr zu sagen. Diese beiden Menschen hatten dreißig verlorene Jahre gebraucht, um zueinander zu finden.

Was sagt uns dieser Song? Dass man nicht zu lange warten sollte, jemandem seine Liebe zu gestehen, wenn es wirklich der oder die Richtige ist.

Sie musste viel an Carter denken und fragte sich wieder, ob er vielleicht der Richtige war. Sie beschloss, dass er es sein würde, wenn er ihr rote Rosen, ihre Lieblingsblumen brachte. Bisher hatte sie ihm gegenüber noch nicht erwähnt, wie sehr sie diese liebte, und würde es als ein Zeichen sehen.

Am Dienstag trat sie bei einem Country-Open-Air-Festival auf und entdeckte doch tatsächlich die Millers im Publikum.

Holly winkte ihr zu und Jennifer und Cole standen eng umschlungen da, als sie sang.

Nach ihrem Auftritt kam Tania von der Bühne, um die drei zu begrüßen. Holly schloss sie gleich in die Arme.

»Wie schön, euch zu sehen. Wie geht es euch?«
»Wunderbar, danke«, sagte Cole.

»Du bringst mich noch immer zum Weinen, Tania«, schluchzte Jennifer.

»Warum kommst du uns gar nicht mehr besuchen?«, wollte Holly wissen.

»Tania ist jetzt berühmt, sie hat keine Zeit mehr, auf eine Hühnerfarm zu kommen«, sagte Jennifer zwar scherzhaft, Tania konnte aber doch einen Hauch von Vorwurf in ihrer Stimme hören.

»Du hast recht, Holly, ich war schon viel zu lange nicht mehr bei euch. Es tut mir leid. Ich versuche, so bald wie möglich mal wieder vorbeizuschauen, ja?«

»Versprochen?«

»Versprochen.«

»Wie wär´s am Wochenende?«

»Ich ... äh ... Da muss ich erst mal in meinen Terminkalender schauen. Ich rufe euch an, ja?«

Damit gab Holly sich zufrieden.

»Wo ist eigentlich Tommy? Ist er auch hier?«

»Ja, irgendwo sollte er sein«, sagte Jennifer. »Er war vorhin noch da, und dann war er plötzlich verschwunden.«

»Ich werde ihn mal suchen gehen. Ich wollte mir sowieso ein Steak im Brötchen kaufen.«

Sie marschierte los und musste erst einmal ein paar Autogramme geben und Selfies mit Fans machen. Dann hatte sie den Steak-im-Brötchen-Stand erreicht und bestellte eine Portion. Aus den

Augenwinkeln nahm sie eine Gestalt wahr, die sich hinter dem Süßigkeitenstand versteckte.

Schnurstracks ging sie auf ihn zu. »Tommy, versteckst du dich etwa vor mir?«

»Warum sollte ich?« Tommys Ohren liefen rot an. »Hi, Tania.«

»Hi.«

»Wie geht es dir?«

»Mir geht es gut, danke. Ich hoffe, dir ebenso?«

»Ja, ganz okay.« Er starrte sie an. »Du hast deine Haare geschnitten.«

»Ja«, sagte sie traurig.

»Wo ist denn deine bessere Hälfte?«, fragte er in leicht verächtlichem Ton.

»Falls du meinen Manager Carter Simmons meinst, der ist im Büro in Lexington. Er kommt erst am Donnerstag wieder nach Nashville. Da habe ich nämlich einen Fernsehauftritt.«

»Oh wow, in welcher Show?«

»*Late Night with Judy O´Riley*.«

»Werde ich mir auf jeden Fall ansehen. Da war auch neulich ein Artikel über dich in der Zeitung.«

»Ja. Aufregend, oder?« Sie biss von ihrem Steak ab und hielt es ihm hin. »Möchtest du auch?«

»Nein, danke. Ich hab den Artikel ausgeschnitten und in ein Heft geklebt. Da werde ich alle drin sammeln, die noch von dir kommen.«

Tania hielt mitten beim Kauen inne. Was sagte Tommy da? Das war aber wirklich süß.

»Ich weiß ja gar nicht, ob da noch welche kommen werden, Tommy.«

»Oh, da bin ich mir ganz sicher.«

»Bedenke auch, dass ich nur noch zwei Monate hier bin, dann muss ich zurück nach Hause.«

»Du hast noch immer vor, nach sechs Monaten zurückzugehen, obwohl du gerade so erfolgreich bist?«

»Ich muss.«

»Na, Maryland ist ja nicht das Ende der Welt. Wahrscheinlich kannst du auch von da aus Karriere machen.«

Sie sagte dazu nichts. Sie konnte Tommy ja nicht die Wahrheit sagen.

»Bist du jetzt mit ihm zusammen?«, fragte er wie aus dem Nichts.

»Wie bitte? Mit wem?« Sie verschluckte sich fast an ihrem Brötchen.

»Na, mit deinem Manager. Sieht ja ein Blinder, dass der auf dich steht.«

»Nein! Tommy, nein. Natürlich nicht. Ich bin mit niemandem zusammen.«

Auch wenn sie in letzter Zeit öfter darüber nachgedacht hatte, wie es wäre, mit Carter Simmons zusammen zu sein, wollte sie doch nicht, dass Tommy davon wusste.

»Na, wenn du es sagst. Ich muss dann mal wieder zu meiner Familie zurück.«

»Okey-dokey.« Das war eines dieser neuen Wörter, die ihr so gefielen, dass sie sie ständig benutzte. »Dann sehen wir uns am Wochenende.«

»Am Wochenende?«, fragte Tommy verdutzt und kratzte sich am Hinterkopf.

»Ja, ich habe Holly versprochen, dass ich euch mal wieder besuchen komme.«

»Da ... ähm ... werde ich dann aber wohl nicht da sein. Ich muss am Samstag arbeiten.«

»Du hast einen Auftritt?«

Tommy schüttelte den Kopf und sie erkannte es sofort.

»Hast du wieder bei *Romney´s* angefangen?«, fragte sie ein wenig schockiert. Während sie immer erfolgreicher wurde, hatte Tommy einen großen Schritt zurück gemacht? Warum war er nur nicht mit eingestiegen, als er die Chance dazu gehabt hatte?

»Ich finde die Tätigkeit dort nicht schlimm, Tania. Und hey, ich kann so viele Hühnerteile essen, wie ich will.«

»Entschuldige bitte, Tommy. Ich wollte nicht, dass du dich schlecht fühlst. Es ist sicher eine gute Arbeit. Ich weiß nur, dass du so viel mehr kannst.«

»Es ist nicht jedermanns Schicksal, groß rauszukommen, Tania. Ich freu mich aber sehr für dich, dass dein Traum in Erfüllung geht.«

Die Art, wie Tommy es sagte, machte Tania traurig. Kurz darauf sah sie ihm dabei zu, wie er von dannen zog.

Kapitel 17

Der große Tag war gekommen. Tania hatte die letzten beiden Stunden beim Stylisten und beim Makeup-Artist verbracht und stand nun in einem hübschen, sommerlichen, roten Kleid bereit. Als sie ins Studio gerufen wurde, pochte ihr Herz wie verrückt.

»Und hier ist sie! Die wunderbare Tania Rogers!«, kündigte die Talkmasterin Judy O´Riley sie an und begrüßte sie mit einem Lächeln und einem warmen Händeschütteln.

Sie ging auf die Bühne und sang ihren Song. Im Publikum hörte man keinen Mucks, und auch Judy war völlig verzaubert.

»Wow!«, sagte die Talkmasterin nach ihrem Auftritt. »Ich hatte in meiner Sendung ja schon viele Sänger und Sängerinnen, aber das hat bisher, glaube ich, noch niemand geschafft. Sie haben alle völlig in Ihren Bann gezogen. Wie machen Sie das nur?«

Tania lächelte. »Es ist Magie.«

»Ja, das glaube ich allerdings auch. Setzen Sie sich und erzählen unseren Zuschauern ein bisschen was von sich, ja? Wo Sie herkommen zum Beispiel, und wo Sie hinwollen.«

»Gut. Ich komme aus Annapolis in Maryland und bin vor vier Monaten nach Nashville gekommen. Hier habe ich schon am ersten Tag einen ganz wundervollen jungen Mann kennengelernt, der auch Musiker ist. Er hat mir zu einer Bleibe und einem Engagement verholfen und wir haben einige Monate zusammen gespielt, im *Ol´ Sue´s* in der Second Street.« Sie wusste, dass Carrie vorm Fernseher Luftsprünge machen würde, wenn die Sendung am Abend ausgestrahlt wurde.

»Inzwischen singen Sie aber nicht mehr in diesem Club, dem *Ol´ Sue´s*, oder?«, fragte Judy.

Tania schüttelte den Kopf. »Nein, ich habe vor etwa sechs Wochen dort aufgehört. Mein Manager verschafft mir inzwischen größere Auftritte.«

»Werden Sie eines Tages, wenn Sie ganz berühmt sind, noch einmal im *Ol´ Sue´s* auftreten? Um der guten, alten Zeiten willen?«

»Das fände ich sehr schön.« Sie lächelte. Carter würde es wahrscheinlich weniger schön finden. Er wollte, dass sie die Leiter nach oben erklomm und sie nicht herunterfiel. Das sagte er ihr immer wieder.

»Kommen wir noch einmal näher auf diesen jungen Mann zu sprechen, von dem Sie erzählten. Hat er denn bereits Ihr Herz erobert?«

Tania verschluckte sich beinahe an dem Wasser, von dem sie gerade einen Schluck nahm.

»Nein, oh nein! Tommy und ich sind nur Freunde.«

»Ach, wie schade. Es wäre so eine schöne Geschichte gewesen.«

»Im Moment brauche ich nichts als meine Musik«, sagte sie.

»Dann kommen wir also wieder zum eigentlichen Thema zurück. Wo kann man Sie denn in nächster Zeit sehen?«

»Morgen Abend singe ich im *Bitz* und am Samstag auf dem Holdoben-Event, bei dem übrigens fleißig gespendet werden darf. Die Einnahmen gehen an ein Kinderhospiz.«

»Dann hoffe ich, dass mit Ihrer magischen Stimme eine ganze Menge Geld zusammenkommt. Auch Sie können für die Holdoben-Organisation spenden, meine lieben Zuschauer. Die Kontodaten werden in diesem Augenblick eingeblendet«, wandte Judy sich jetzt direkt an die Zuschauer zu Hause. »Leider ist unsere Zeit nun auch schon wieder vorbei. Es war mir ein großes Vergnügen, Sie in meiner Show zu haben, Tania. Ich wünsche Ihnen für Ihren weiteren Weg nur das Beste. Und wer weiß, vielleicht sind Sie ja schon ganz bald wieder mein Gast.«

»Danke, Judy. Es wäre mir eine Ehre.«

Sie winkte dem Publikum noch einmal zu und verließ das Studio, und dann konnte sie endlich aufatmen.

In ihrer Kabine wartete schon Carter auf sie.

»Und? Wie war ich?«, fragte sie strahlend. Sie hatte eigentlich ein sehr gutes Gefühl. Carter jedoch sah sie verärgert an. »Was ist denn, Carter? Habe ich etwas falsch gemacht?«

»Du warst toll, aber ... du hast mich mit keinem Wort erwähnt.«

Sie musste überlegen. »Aber das habe ich, Carter. Ich weiß es genau, ich habe gesagt, dass du mir inzwischen zu großen Auftritten verhilfst.«

»Du hast dabei aber meinen Namen nicht erwähnt. Ich dachte, es war klar, dass du das tun solltest, um mich noch bekannter zu machen, mir mehr Klienten zu verschaffen.«

»Oh, Carter, das tut mir wirklich leid. Das war mir nicht bewusst.«

»Deinen Tommy hast du dagegen gleich mehrmals erwähnt, sogar namentlich.«

Was hatte Tommy denn jetzt damit zu tun?

»Carter, ich verstehe nicht ...«

»Du bist noch immer verliebt in ihn, oder?«

Darum ging es also? Carter war eifersüchtig? Deshalb führte er sich so auf! Jetzt begann sie zu verstehen. So böse hatte sie ihn nämlich noch nie gesehen. Aber die Eifersucht konnte einem Mann alle Sinne rauben.

»Aber ich war doch nie in Tommy verliebt!«, versuchte sie ihm zu erklären.

»Das habe ich damals nicht geglaubt und das glaube ich auch jetzt nicht, Tania. Deine Augen sprechen nämlich Bände. Wenn du von ihm erzählst, dann strahlen sie richtig.«

»Da interpretierst du etwas falsch, Carter, wirklich ...«

Carter drehte sich nun von ihr weg.

Tania ließ die Schultern sinken. »Wenn es wahr ist, was du sagst, wie kann es denn dann sein, dass ich ständig nur an einen Mann denken muss – und das ist nicht Tommy«, sagte sie mit zitternder Stimme.

Noch nie hatte jemand sie als Lügnerin hingestellt, sie war zutiefst verletzt. Sie senkte ihren Blick und verließ traurig den Raum.

Draußen wurde sie umlagert und sie musste ein Lächeln aufsetzen, abends in ihrer Wohnung allerdings, während sie sich die Aufzeichnung im Fernsehen ansah, musste sie weinen. Da hatte sie wirklich gerade angenommen, Carter sei der Richtige, und nun das. Was würde nun werden? Würden sie getrennte Wege gehen? Beruflich wie privat?

Es klingelte an der Tür. Tania wischte sich die Tränen aus dem Gesicht und ging aufmachen.

Da stand Carter mit einem riesigen Strauß langer, roter Rosen in Händen und einem um

Verzeihung bittenden Gesichtsausdruck. Rote Rosen – es musste ein Zeichen sein.

»Darf ich hereinkommen?«, fragte er.

»Natürlich.« Sie ließ ihn ein.

»Es tut mir so leid«, sagte er. »Ich glaube, ich hatte einfach Angst, dich an einen anderen zu verlieren.«

»Das wird nicht geschehen, Carter.«

»Kannst du mir noch einmal verzeihen?«

»Ich verzeihe dir«, sagte sie und lächelte ihn an.

Da gab er ihr den riesigen Strauß roter Rosen und es war wirklich alles vergessen. Sie sah nur noch die roten Rosen, und als Carter nun auf sie zukam und sie küsste, ließ sie es geschehen. Er war der Richtige, es konnte gar nicht anders sein.

Kapitel 18

Am nächsten Morgen erwachte Tania mit einem Lächeln im Gesicht. Gestern hatte sie ihren ersten Kuss erhalten. Sie konnte es noch gar nicht fassen, sie hatte ihren Traumprinzen gefunden.

Als sie an diesem Morgen allerdings ihr Schaumbad nahm und dabei singen wollte – ein gutes altes Märchenlied – kratzte es in ihrem Hals und es kamen nur schiefe Töne heraus. Sie räusperte sich und versuchte es noch einmal. Wieder brachte sie nichts als ein Krächzen hervor.

Oje. Was war nur mit ihrer Stimme los? Hatte sie sich eine Erkältung geholt? Oder zu viel gesungen und nun waren ihre Stimmbänder angeknackst?

Sie versuchte es mit Countrymusik, aber auch da wollte partout nichts kommen.

Und nun?

Sie stieg aus der Wanne und rief Carter an. Er war am Abend noch eine Weile geblieben und sie hatten sich erneut geküsst. Lange hatte er ihre Hand gehalten und ihr Liebesbekundungen gemacht, bevor er sich schweren Herzens auf den Weg in sein Hotel gemacht hatte.

»Carter, es ist etwas geschehen!«, sprach sie nun ins Telefon, das noch immer ein kleines Wunder für sie war.

»Was ist denn los? Geht es dir gut?«

»Mir schon, meiner Stimme leider weniger.«

»Was soll das heißen, Tania?«

»Es will einfach nichts herauskommen. Vielleicht habe ich sie zu sehr beansprucht, oder ich bekomme eine Erkältung.«

»Du hörst dich gar nicht erkältet an.« Sein Ton wurde immer genervter.

»Ich bin es ja auch nicht, noch nicht.«

»Dann tust du jetzt Folgendes, Tania: Du machst dir einen heißen Tee mit Honig und lutscht einen Hustenbonbon. Du musst wieder fit werden, heute Abend musst du doch im *Bitz* singen, und morgen beim Holdoben-Event, dem bisher wichtigsten Event deiner Karriere. Da darf nichts schiefgehen!«

»Ja, gut, Carter. Ich werde meine Stimme heute schonen und Tee mit Honig trinken, wie du es sagst. Heute Abend ist meine Stimme sicher wieder die alte.«

»Das wollen wir schwer hoffen.«

Das war sie nicht. Auch am Abend bekam Tania keinen geraden Ton heraus. Carter, der sie abholen wollte, um zusammen mit ihr ins *Bitz*, einem 5-Sterne-Hotel, zu fahren, war mehr als sauer.

»Was hast du denn gemacht, dass deine Stimme weg ist? Gestern in der Fernsehshow hat sie doch noch einwandfrei funktioniert!«, meckerte er.

»Ich weiß es auch nicht. Heute Morgen war sie auf einmal weg.«

»Und was sollen wir nun machen? Den Auftritt heute Abend muss ich dann wohl absagen. Morgen können wir aber nicht ausfallen lassen, das würde deiner Karriere einen Megaknacks verleihen.«

»Aber wenn meine Stimme morgen noch immer weg ist?«, fragte sie ängstlich.

Von Carters liebevollem Verhalten vom Vortag war nichts mehr zu spüren. »Dann sind wir am Arsch, aber gewaltig. Komm, ich bring dich jetzt sofort ins Krankenhaus, vielleicht weiß man dort Rat.«

Sie fuhren in die nächste Notaufnahme und wurden zuerst abgewimmelt, da man die Situation keinesfalls als Notfall einstufte. Carter machte einen Riesenaufstand, doch die Schwester am Empfang gab nicht klein bei. Dann erkannte jedoch eine der Ärztinnen Tania und sagte ihr, dass sie ein großer Fan ihrer Musik sei. Tania erklärte ihr ihre ernste Lage und wurde wenig später in ein Behandlungszimmer geführt.

Die nette Ärztin untersuchte sie und ließ alle möglichen Test machen. Die Ergebnisse brachten gar nichts. Kurz nach Mitternacht kehrten sie zurück in Tanias Apartment.

»Möchtest du noch ein bisschen bleiben?«, fragte Tania hoffnungsvoll. Sie wollte jetzt nicht allein sein.

»Nein, lieber nicht. Du solltest jetzt schlafen. Reibe dir vorher noch die Brust mit der Salbe ein, die du bekommen hast. Wir können nur hoffen, dass morgen alles wieder im Lot ist.« Er sah sie böse an. »Du hast gehört, was die Ärztin gesagt hat, oder? Dass der Verlust deiner Stimme keine physischen Ursachen hat, sondern höchstwahrscheinlich mentale?«

Sie nickte. Ja, das hatte sie gehört.

»Dann werde deine Gedanken, Probleme oder was auch immer dir im Weg steht, schnellstens los und sei morgen voll da. Hast du verstanden?«

»Ja, Carter.«

Sie wollte schon gar nicht mehr, dass er blieb. So kannte sie ihn überhaupt nicht, diese Seite hätte sie nie an ihm vermutet. Und auf einmal kam ihr auch noch ein anderer Gedanke: Was, wenn ihre Stimme plötzlich weg war, weil … Oh Gott, war es, weil Carter sie geküsst hatte? War der Fluch wahrgeworden?

Aber er war doch der Richtige, er hatte ihr rote Rosen geschenkt!

Nun, als er ohne ein liebes Wort und ohne einen Kuss ihr Apartment verließ, war sie sich da nicht mehr so sicher.

Hatte sie einen riesengroßen Fehler begangen? War ihre Stimme nun für immer weg? Was würde sie denn tun, wenn sie nicht mehr singen konnte? Sie konnte doch nichts anderes, sie wäre verloren.

Noch ein letztes Mal versuchte sie zu singen, als sie nun, die Salbe auf der Brust und einen Schal um ihren Hals, im Bett lag. Nichts. Es war hoffnungslos.

Kapitel 19

So sehr sie sich gewünscht hatte, dass alles nur ein böser Traum war und ihre Stimme am nächsten Morgen wieder da sein würde, war sie es doch noch immer nicht.

Tania war verzweifelt. Sie wusste nicht, was sie tun sollte. Gegen Mittag rief sie Carter an und teilte ihm die schlechte Nachricht mit. Er wurde sehr wütend und sagte Worte, die ihre Gefühle verletzten.

Da sie nun nicht zu dem Event konnte und da sie auch nicht zu Hause bleiben und Trübsal blasen wollte, beschloss sie, dass sie ebenso gut zu den Millers nach Green Hill fahren konnte.

Als sie am späten Nachmittag dort ankam, waren alle noch auf der Farm beschäftigt. Sie ernteten Mais. Als Jennifer Tania, die mit einem Taxi angefahren kam, erblickte, winkte sie ihr freudig zu und ließ alles stehen und liegen.

»Für heute haben wir genug getan. Lasst uns jetzt feiern.«

»Oh, was gibt es denn zu feiern?«, fragte Tania und dachte an einen Geburtstag oder Ähnliches.

»Na, deinen Erfolg, was sonst?«

Bei diesen Worten brach sie in Tränen aus.

»Was ist denn, Liebes?« Jennifer legte ihr einen Arm um die Schulter.

»Mit dem ist es vorbei«, schluchzte sie. »Meine Stimme, sie ist fort.«

»Wie meinst du das, sie ist fort?«

»Sie ist einfach verschwunden.«

»Aber ich höre dich doch reden.«

»Das meine ich nicht.« Sie wischte sich die Tränen von den Wangen. »Meine Gesangsstimme ist weg. Es kommt nicht mehr als ein Krächzen heraus.«

»Das kann ich mir nicht vorstellen, so schlimm ist es sicher nicht. Lass doch mal hören.«

Tania versuchte zu singen und sogar Jennifer erkannte, dass es ein Grauen war.

»Wie konnte das denn nur passieren? Warst du schon beim Arzt?«

Sie nickte. »Die Ärztin sagt, es sei mentaler Natur.«

»Du setzt dich wahrscheinlich viel zu sehr unter Druck, oder dein neuer Manager. Tommy hat ihn ein paarmal erwähnt, er scheint nicht der angenehmste aller Kerle zu sein.«

Nun musste Tania schon wieder weinen.

»Nun beruhig dich erstmal. Komm mit ins Haus, ich mache dir einen Tee. Und dann werden wir einen schönen Abend am Lagerfeuer verbringen, mit Marshmallows, die magst du doch so gerne. Danach wird es dir sicher schon viel besser gehen. Du musst lernen, dich zu entspannen bei all dem Stress, Tania.«

Marshmallows am Lagerfeuer hörten sich wunderbar an, auch wenn sie heute nicht mit den anderen würde singen können.

Jennifer bereitete ihnen einen Tee zu. »Holly, geh mal Tommy holen. Sag ihm, er soll ein Huhn schlachten, zur Feier des Tages möchte ich für Tania mein berühmtes gebackenes Hühnchen machen.«

»Es gibt doch aber gar nichts zu feiern«, erinnerte Tania sie und wunderte sich gleichzeitig. Hatte Tommy nicht gesagt, er müsse heute arbeiten?

»Oh doch, aber natürlich.«

»Ja?«

»Ja. Allein dass du uns besuchen gekommen bist, ist schon ein Grund. Wir sind wirklich froh, dich zu kennen, Tania, und das nicht, weil du inzwischen eine kleine Berühmtheit bist.«

»Und wenn ich morgen überhaupt nicht mehr berühmt bin? Mögt ihr mich dann immer noch?«

»Mindestens genauso sehr.«

Jennifer lächelte sie warm an und sie trank ihren Tee. Er tat wirklich gut. Jennifers Worte taten gut, mehr als gut.

Tommy schlachtete ein Huhn und Jennifer bereitete es zu. Als sie endlich zu Abend aßen, war es still am Tisch. Tommy sagte kein Wort, er hatte, seit sie eingetroffen war, überhaupt kaum mehr als zwei Sätze gesagt.

»Dein Huhn ist wieder einmal köstlich«, lobte Cole seine Frau.

»Ja, da muss ich zustimmen. Ich habe noch nie ein so gutes Huhn gegessen«, sagte Tania.

»Danke, danke. Aber die Süßkartoffelspalten sind auch ganz wunderbar. Die hat Tania ganz allein zubereitet.«

»Nach deinen Anweisungen«, erinnerte sie sie.

»Ich habe den Gurkensalat gemacht!«, verkündete Holly den Männern. Sie war ganz stolz darauf, die Gurken ganz allein in Scheiben geschnitten zu haben. Sie waren viel zu dick und schief und krumm, aber das machte nichts. Essen, das mit Liebe zubereitet wurde, schmeckte für gewöhnlich noch immer am besten.

»Wir haben dich im Fernsehen gesehen«, sagte nun Cole.

»Ja?«

»Du warst fantastisch, ganz ehrlich«, sagte Jennifer.

»Vielen Dank.« Es würde dann wohl ihr erster und auch ihr letzter Fernsehauftritt gewesen sein.

»Kann ich nachher kurz mit dir reden?«, fragte Tommy plötzlich.

Jennifer und Cole wechselten fragende Blicke.

»Ja, natürlich. Worum geht es denn?«

»Das sag ich dir dann.«

Tania fragte sich, worüber Tommy wohl sprechen wollte. Er wirkte heute so furchtbar ernst.

Schon bald sollte sie es erfahren ...

Nachdem sie Jennifer beim Abwasch geholfen hatte, suchte sie Tommy auf, der in der Scheune war und die Hühner fütterte.

Als er sie kommen sah, blickte er sie an, sehr intensiv und einen Moment zu lang. »Hi«, sagte er dann.

»Hi.«

»Willst du mir beim Füttern helfen?«

»Na gut.« Sie griff in den Eimer, holte eine Handvoll von der Mischung aus Mais und anderem Getreide heraus und warf sie vor die Hühner.

»Hast du schon die Küken gesehen? Es sind vor ein paar Tagen welche geschlüpft.« Er zeigte zu einer Mutter mit ihren Jungen hin.

»Sehr niedlich, Tommy. Aber ich denke nicht, dass Hühner das Thema sind, über das du mit mir reden wolltest, oder?«

»Nein, natürlich nicht.«

»Bitte, Tommy, spann mich nicht auf die Folter. Sag mir, welches dein Anliegen ist.«

»Ich habe auch deinen Auftritt gesehen. Du hast unser Lied gesungen.«

»Ja. Ich wollte es der Welt nicht vorenthalten. Ich wünschte nur, wir hätten es gemeinsam aufführen können.«

»Tja, so spielt das Leben ...«

»Tommy, du hast mir noch immer nicht gesagt, warum du damals nicht mit mir zusammen weitermachen wolltest. Warum bist du gegangen? Hast mich allein gelassen?«

»Du bist doch nicht allein.«

»Doch, zumindest fühle ich mich die meiste Zeit so. Ich habe meinen besten und liebsten Freund verloren.«

Traurig sah Tommy sie an. Der Eimer war jetzt leer und er stellte ihn ab und setzte sich auf eine alte Holzbank.

Tania tat es ihm nach.

»Vielleicht solltest du Carter Simmons nach dem Grund fragen.«

»Carter? Aber ... wieso? Er war doch dafür, dass du mitmachst.«

»Das hat er dir gesagt, ja. Weil es deine Bedingung war, einen Vertrag bei ihm zu unterschreiben. Und dann ist er zu mir gekommen und hat mich gewarnt, hat mir gesagt, dass ich doch nicht deine Karriere gefährden wolle, ich kleines Landei. Ohne mich wärst du viel besser dran.«

Tania starrte ihn mit weit offenen Augen an. Schockiert fragte sie: »Das hat er getan?« Langsam fragte sie sich, wie sie nur so naiv sein konnte, und so blind.

Tommy nickte.

»Warum bist du nicht zu mir gekommen und hast mir davon erzählt?«

»Weil es eine einmalige Chance für dich war, die ich dir nicht nehmen wollte. Du hast so viel mehr verdient, als du mit mir zusammen erreichen kannst.«

»Oh, Tommy. Es geht mir doch nicht um Geld oder Ruhm. Es wäre viel bedeutsamer gewesen, zusammen mit dir aufzutreten. Zusammen waren wir ein echtes Dreamteam.«

»Ja, das waren wir, oder?«

»Zu dumm, dass meine Stimme weg ist, sonst könnten wir heute zusammen singen.«

»Sie kommt bestimmt wieder.«

»Ich hoffe es sehr. Tommy, es tut mir leid, wie es gelaufen ist, ich werde mit Carter sprechen.«

»Das wird nichts bringen. Schon okay. Ab und zu spiele ich noch im *Ol´ Sue´s*, das reicht mir. Berühmt werden wollte ich nie.«

»Oh, Tommy.«

Er lächelte ein verlegenes Lächeln.

»Du hast mich im Fernsehen erwähnt«, sagte er und lief rot an.

»Ja, natürlich. Du bist doch mein allerbester Freund.«

»Bin ich das denn noch immer?«

»Bis in alle Zeiten.« Sie umarmte ihn und war froh, dass sie sich endlich ausgesprochen hatten.

Kapitel 20

Am Abend saßen sie wie in alten Zeiten am Lagerfeuer und rösteten Marshmallows. Heute wurde nicht gesungen, stattdessen erzählte Cole gruselige Horrorgeschichten, die die kleine Holly in Angst und Schrecken versetzten, und Tania musste zugeben, sie teilweise ebenso.

Als Holly im Bett war, holte Jennifer eine Flasche selbstgebrannten Korn hervor und verteilte ihn auf kleine Gläser, die sie herumreichte.

»Ehrlich, Mom? Sonst lässt du mich doch nie Alkohol trinken«, fragte Tommy erstaunt.

»Heute machen wir mal eine Ausnahme. Ich möchte etwas ausprobieren«, sagte sie und sah Tania dabei zu, wie sie an dem Glas nippte und sich schüttelte.

Drei Gläser später war Tania so angeheitert, dass sie die wirrsten Geschichten erzählte von bösen Hexen, Trollen und einer Prinzessin, die in einem Turm eingesperrt war. Sie versuchte auch zu singen, doch es wollte noch immer nicht gelingen.

»Schade«, sagte Jennifer enttäuscht. »Na, es war einen Versuch wert.«

»Wie bitte?«

»Ich hatte einfach gehofft, wenn du mal ein wenig locker lässt und deine Sorgen vergisst, würde deine Stimme zurückkommen. Daran kann es aber auch nicht liegen.«

»Daran liegt es auch nicht. Hicks«, machte Tania.

»Tut es nicht?«

Sie schüttelte übereifrig den Kopf, sodass ihr ganz schwindlig wurde.

»Nein, nein. Ich habe den Falschen geküsst, allein das ist der Grund.«

Nun blickte Tommy auf. »Wen hast du geküsst?«

»Das spielt keine Rolle. Er war der Falsche, trotz der roten Rosen.«

»Es war Carter Simmons, oder?«

Jennifer sah nun Cole an und die beiden nickten einander stillschweigend zu, bevor sie sich verzogen und die beiden jungen Leute allein ließen.

»Ja, du hast es erfasst«, gestand sie und fügte ein »Hicks« hinzu.

»Na toll. Hast du mir nicht neulich gesagt, da läuft nichts zwischen euch?«

»Das tat es auch nicht. Aber dann ... dann hat er mich geküsst und meine Stimme war weg.«

»Und daran soll es liegen?«

»Ja. Ich bin verflucht«, gab sie preis und hatte so ein komisches Gefühl dabei, als hätte sie es nicht laut aussprechen dürfen.

»Du bist was?«

»Eine böse Zauberin hat mich verflucht, als ich noch ein ... hicks ... kleines Baby war.«

Tommy machte große Augen. »Hab ich es doch gewusst!«

»Was hast du gewusst?«

»Du bist eine echte Märchenprinzessin!«

»Aber natürlich bin ich das.« Plötzlich fiel es ihr wieder ein. Sie durfte auf keinen Fall, unter gar keinen Umständen verraten, dass dies so war. »Nein, bin ich nicht, bin ich nicht!«, korrigierte sie sich schnell.

»Bist du doch! Ich wusste es die ganze Zeit, zumindest habe ich es vermutet, und du hast es mir gerade bestätigt.«

Ihr wurde übel.

»Weißt du, ich habe in letzter Zeit viel recherchiert. Du bist nicht das einzige Mädchen, das hier in Amerika auftaucht, wie aus dem Nichts und in einem Prinzessinnenkleid, das so merkwürdig altmodisch spricht und das die Menschen verzaubert. Und vor allem, das noch an Märchen glaubt.«

Jetzt war Tania dran mit große Augen machen. »Bin ich nicht?«

»Es gibt da eine in New York, die in einer Buchhandlung die Kinder mit Märchen verzaubert. Und ich habe in einer kalifornischen Zeitung einen Artikel über eine junge Frau gefunden, die in einem Diner arbeitet und die Leute in Sachen Liebe berät. In Atlanta gibt es eine, die die Leute mit ihren Cupcakes verzaubert. Und sie alle sind ungefähr zum selben Zeitpunkt in Amerika erschienen wie du!«

»Ooooh, New York, Kalifornien und Atlanta? Das müssen Lizzy, Julia und Heather sein!«, rief sie aus, voller Freude, etwas von ihren Freundinnen zu hören, und hielt sich gleich darauf die Hand auf den Mund.

»Ha!«, machte Tommy.

Es war schlimm, dass sie sich verraten hatte, ja, aber es war ihr gerade gänzlich egal. Sie war nur froh, zu wissen, dass es ihnen allen gutging und dass sie ihre Aufgabe so wunderbar meisterten.

»Hast du auch etwas über eine Wanda in Miami gefunden?«, fragte sie hoffnungsvoll.

»Nein, leider nicht.« Er starrte sie an. »Oh, mein Gott, du bist wirklich eine Märchenprinzessin!«, hörte sie ihn noch sagen, dann wurde ihr schwarz vor Augen.

Kapitel 21

Sie erwachte in ihrem Bett und atmete erleichtert aus, als ihr bewusst wurde, dass es alles nur ein böser Traum gewesen war. Sie versuchte zu singen und hoffte hier ebenfalls, dass sie nur geträumt hatte, dass ihre Stimme weg gewesen war, doch leider war es brutale Realität.

Sie rief Carter an. Im Hinterkopf schwirrte ihr noch immer das Gespräch mit Tommy herum, von dem sie nicht mehr wusste, ob es Traum oder Realität gewesen war. Sie wollte es aber unbedingt herausfinden.

»Guten Morgen, Carter, ich bin es.«

»Grüß dich, Tania. Ist deine Stimme wieder da?«

War das das Einzige, das ihn interessierte?

»Könntest du bitte herkommen? Ich habe einiges mit dir zu besprechen«, bat sie.

»Ich bin in einer halben Stunde da.«

Exakt dreißig Minuten später klingelte es an der Tür.

Doch als Tania aufmachen ging, stand dort nicht wie erwartet Carter, sondern Tommy.

»Tommy, was machst du denn hier?«, fragte sie verblüfft.

»Ich wollte mich erkundigen, wie es dir geht, nach dem Blackout von gestern Abend.«

Du lieber Himmel! War es also doch passiert?

»Herrje, ich hatte es für einen Traum gehalten. Wie bin ich denn in mein Bett gekommen?«

»Mein Dad hat dich hergebracht, nachdem du wieder halbwegs wach warst und sagtest, du wollest nach Hause.«

Damit hatte sie sicher ein ganz anderes Zuhause gemeint, konnte sie sich vorstellen.

»Ich schäme mich furchtbar, Tommy. Habe ich etwa wirklich all die Geschichten erzählt, von denen ich denke, dass ich sie erzählt habe?«

»Du hast so einiges erzählt«, sagte er und sah sie eingehend an. »Ich kann es immer noch nicht glauben, du bist echt eine Märchenprin...«

»Schhhh!«, machte Tania, zog Tommy in die Wohnung und schloss die Tür. »Die Nachbarn dürfen das nicht hören! Und Carter auch nicht. Er kann jeden Moment hier sein.«

»Oh Mann, der kommt? Dem will ich lieber nicht begegnen, ich verschwinde«, sagte Tommy entschlossen.

Doch da hörten sie schon ein Klopfen. Carter war bereits oben und stand vor ihrer Tür. Es war zu spät für Tommy, um jetzt noch zu entwischen.

»Los, Tommy, versteck dich!«, sagte sie flüsternd und wusste selbst nicht so genau, warum.

Tommy folgte ihr aufs Wort und stellte sich hinter den dicken Vorhang.

Sie öffnete Carter die Tür.

»Carter.«

»Warum tust du so überrascht? Du hast mich angerufen und mich gebeten zu kommen.«

»Ja, bitte tritt ein. Ich muss ein ernstes Wörtchen mit dir reden.«

»Da sind wir schon zu zweit.«

»Ja?«

»Ja. Aber fang du ruhig an.« Er setzte sich auf den Sessel, der mit dem Rücken zum Fenster stand, was Tania erleichterte. So würde es weniger wahrscheinlich sein, dass Carter Tommy entdeckte.

»Nun gut. Ich möchte gerne eines von dir wissen: Bist du damals zu Tommy gegangen und hast ihm ausgeredet, an meiner Seite Musik zu machen?«

Carter sah sie lange an und antwortete dann: »Ich hatte zwar gehofft, dass du es nicht herausfinden würdest, aber ja, das habe ich getan. Er wäre dir nur ein Klotz am Bein gewesen.«

»Und du hast es nicht getan, weil du eifersüchtig auf ihn warst?«

»Auf den kleinen Knirps? Verkauft er nicht Hühnchen, wenn ich mich recht entsinne?«

»Ja, das tut er. Aber weißt du was? Er ist ein ganz wundervoller Mensch, und du hättest guten Grund zur Eifersucht. Tommy behandelt mich nämlich viel besser, als du es je getan hast.«

»Als ich es je …?« Carter stand auf und ging wütend auf sie zu. »Hast du etwa schon vergessen, was ich alles für dich getan habe? Die Engagements, die ich dir verschafft habe? Ohne mich wärst du ein Niemand!«

»Ohne dich wäre ich das Mädchen, das im *Ol´ Sue´s* singt und das tut, was es liebt, mit dem Mann an seiner Seite, der dorthin gehört.«

»Du bezeichnest den Winzling wirklich als Mann?«

Darauf ging sie gar nicht ein. »Ohne dich hätte ich noch meine Stimme«, sagte sie verbittert.

»Nun gib nicht mir die Schuld an deinen psychischen Problemen, Tania. Und da sind wir auch schon beim Thema. Ich wusste ja nicht, wie kaputt du eigentlich bist. Also, wenn deine Stimme nicht zurückkommt, muss ich unsere geschäftliche Beziehung leider beenden.«

»Wenn du das tun musst, dann musst du es wohl tun.«

»Jemanden wie dich kann ich einfach nicht gebrauchen, Tania, ich hoffe, das verstehst du.« Er wurde jetzt ein klein weniger ruhiger und auch sanfter. »Ich bin Musikmanager. Ich kann keine Musikerin betreuen, die nicht singen kann.«

»Ich verstehe sehr gut, Carter. Und ich verstehe noch etwas anderes. Du warst die ganze Zeit nur auf meinen Erfolg aus, hast einen Aufstieg und viel Geld in mir gesehen. Dir ist es nie wirklich um mich gegangen. In dem Moment, als meine Stimme weg war, waren auch deine Gefühle für mich weg.«

»Kann mir irgendwer verübeln, dass ich auch auf deine Erfolgssträhne aufsteigen wollte?«, fragte er und zuckte die Achseln.

Nun doch etwas traurig, so ausgenutzt und geblendet worden zu sein, und vor allem, den Falschen geküsst und ihre Stimme für immer verloren zu haben, erwiderte sie bitter: »Du kannst unseren Vertrag zerreißen. Und du darfst jetzt gehen. Du bist mir nichts mehr schuldig.«

Carter sah sie noch einmal an, sagte ein »Es tut mir leid«, das sich beinahe aufrichtig anhörte, und verließ dann ihre Wohnung. Bevor sie die Tür hinter ihm zufallen ließ, sagte er noch: »Wenn deine Stimme doch noch wieder zurückkommt, melde dich bei mir.«

Sie hielt die Tür nicht auf und war froh, als sie endlich eine Trennwand zwischen ihr und Carter herstellte.

Kapitel 22

Als Tania sich wieder umdrehte, war Tommy aus seinem Versteck herausgekommen und sah sie an.

»Es tut mir leid, Tania. Bist du okay?«

Sie überlegte kurz. »Ja, mir geht es gut.«

»Der Typ ist ein Arsch. Du solltest ihn ganz schnell vergessen.«

»Er ist mir nicht wichtig, Tommy. Es geht um etwas anderes.«

»Ich weiß. Ich hatte mir wirklich gewünscht, dass du ganz groß rauskommst. Du singst so unglaublich gut.«

»Du meinst, ich habe gut gesungen ...« Sie blick-te traurig zu Boden.

Tommy kam auf sie zu. »Das wirst du bestimmt wieder, da bin ich mir ganz sicher.«

»Und wenn nicht? Womit soll ich denn dann die Menschen verzaubern?«

»Weißt du denn nicht, dass du das allein mit deiner Anwesenheit schon tust?«

»Ach, Tommy. Du bist lieb. Ich weiß, du willst mich aufmuntern, aber ...«

»Nein!« Er griff nach ihrer Hand, hielt sie liebevoll. »Vom allerersten Moment an, in dem ich dich sah, hast du mich verzaubert. Und da hattest du noch nicht mal gesungen. Weißt du denn nicht, dass ich total fasziniert von dir bin? Dass ich ... Okay, ich werde es jetzt einfach sagen, weil ich nicht dreißig Jahre warten will, bis wir zueinanderfinden. Ich weiß ja nicht, wie du für mich empfindest und ob du mich immer noch nur als Bruder siehst, aber ich kann dir sagen, dass du so viel mehr für mich bist. Was denkst du, warum ich nur wenige Tage, nachdem du in meinem Leben aufgetaucht bist, mit Macy Schluss gemacht habe? Warum ich seitdem mit keiner anderen aus war? Warum ich, viel schlimmer noch als die Demütigungen deines Managers, die Tatsache fand, nicht mehr mit dir spielen, dich nicht mehr täglich sehen zu dürfen? Du fehlst mir, Tania.«

Sie starrte ihn an. »Was willst du mir damit sagen, Tommy?«

Er lächelte und tat noch einen Schritt auf sie zu. »Ich will dir damit sagen, dass ich dich liebe.«

In diesem Moment öffnete sich etwas in ihr, wie eine goldene Kugel, die die ganze Zeit die Wahrheit in sich getragen hatte und sie nun endlich versprühte.

Tania fragte sich, wie sie nur so blind hatte sein können. Es war die ganze Zeit Tommy gewesen! Und ihr wurde erst jetzt bewusst, wie sehr sie auch ihn liebte.

Er war ihr Märchenprinz, *er* war der Richtige. Er war immer für sie da gewesen, wenn sie etwas gebraucht hatte, war es ein offenes Ohr oder eine helfende Hand gewesen. Er hatte nächtelang neben ihr gesessen und ihr beim Einstudieren neuer Songs geholfen. Ja, ihm hatte sie ja überhaupt die Auftritte im *Ol´ Sue´s* zu verdanken. Und die Unterkunft. Wer weiß, wo sie ohne Tommy gelandet wäre?

Was wäre sie überhaupt ohne Tommy???

»Oh, Tommy«, sagte sie. »Ich liebe dich ebenso.«

»Wirklich?« Er sah sie ungläubig an.

»Ja, natürlich. Bitte tu mir einen Gefallen, ja? Versuchen wir, den Fluch zu brechen.«

»Es gibt also wirklich einen Fluch?«

Sie nickte und begann zu erzählen, von Anfang an. Er hatte sie ja eh längst durchschaut.

»Du meinst also, wenn der Richtige dich küsst, könnte deine Stimme wieder zurückkommen?«, fragte er.

»Ganz genau.«

»Und du denkst, der Richtige könnte ich sein?«

»Ich hoffe es sehr, Tommy.«

»Oh Gott, Tania, du bringst mich da in eine ernste Lage. Wenn deine Stimme nun nicht zurückkommt, dann weißt du, dass ich es nicht bin. Und was passiert dann?«

»Ich weiß es nicht. Lass es uns einfach ausprobieren, sonst werden wir die Wahrheit nie erfahren.«

Sie schloss die Augen und wartete darauf, dass Tommy sie küsste, doch nichts geschah.

Sie öffnete sie wieder. »Warum küsst du mich denn nicht?«

»Ich habe Angst.«

»Hast du etwa noch nie ein Mädchen geküsst?«, fragte sie schmunzelnd.

»Du weißt genau, was ich meine.«

Na gut, dann muss ich es halt selbst machen, dachte sie und gab Tommy den alles entscheidenden Kuss. Sobald sich ihre Lieben berührten, spürte sie die Magie und sie brauchte keine weiteren Antworten.

Tommy zog sie an sich und erwiderte den Kuss. Es war wie ein Feuerwerk, und sie waren im Zentrum und ließen sich von all den Farben bestrahlen. Sie wollte gar nicht, dass es aufhörte.

»Versuch es«, ermutigte Tommy sie, als sie sich endlich voneinander lösten.

Tania musste gar nicht erst abwarten, ob es gelang, sie wusste es bereits vorher. Als sie dann ihren Mund öffnete und begann *So This Is Love* zu singen, tat sie dies mit der schönsten und klarsten Stimme, die sie je gehabt hatte.

»Du hast mich erlöst, Tommy«, freute sie sich und fiel ihm um den Hals.

»Ich kann es gar nicht glauben. Heißt das wirklich, ich bin der Richtige?«

Verliebt lächelte sie ihn an. »Du bist mein Märchenprinz, und du wirst es für immer sein.«

Epilog

Zwei Monate später.

Tania betrat den Schlossgarten und sah schon von Weitem ihre Mutter bei den roten Rosen sitzen. Sie hielt ein Buch in Händen, schien aber überhaupt nicht darin zu lesen, sondern nur vor sich hinzuträumen.

»Mutter!«, rief sie.

Rapunzel blickte auf, sah in ihre Richtung und erhob sich. Sie legte eine Hand an den Mund und Tania wusste nicht, ob sie es tat, weil sie so erleichtert war, sie zu sehen, weil sie ihr kurzes Haar entdeckt hatte, oder, und das würde noch viel wahrscheinlicher sein, weil sie nicht allein gekommen war.

»Komm, Tommy, du musst sie unbedingt kennenlernen«, sagte sie zu ihrem Liebsten, der ihre Hand hielt und sich ehrfürchtig umsah.

Rapunzel kam auf sie zu. Nun ließ Tania doch Tommys Hand los und lief ihr entgegen. Sie umarmten sich, als hätten sie sich eine Ewigkeit nicht gesehen.

»Du bist zurückgekommen«, sagte ihre Mutter glücklich.

»Das habe ich dir doch versprochen.«

»Aber ... wen hast du denn da mitgebracht?«

»Mutter, das ist Tommy.« Tania drehte sich um und streckte Tommy eine Hand entgegen, die er sofort ergriff. Er schien noch immer sehr unsicher in dieser neuen Umgebung zu sein. Es war ihm nicht leicht gefallen, seine Familie zurückzulassen, doch er wollte bei Tania sein, und es hatte keine andere Möglichkeit gegeben. »Und Tommy, das ist meine Mutter, Rapunzel.«

Rapunzel knickste. »Es freut mich sehr, dich kennenzulernen, Tommy.« Sie sah von Tommy zu Tania und blickte sie fragend an. Natürlich erwartete sie eine Erklärung, und sie würde auch eine bekommen.

»Tommy ist mein Märchenprinz, Mutter. Ich habe ihn in der Realen Welt kennengelernt.«

»Moment, Moment, Tania. Immer langsam. Tommy kommt wahrhaftig aus der Realen Welt? Wie kann es dann sein ... dass er hier ist?«

»Ich habe vor dem Hohen Märchenrat gesprochen. Habe ihnen erklärt, dass Tommy die Wahrheit über mich weiß, sie ganz allein herausgefunden hat, und dass er hier in Fairyland eine viel geringere Gefahr wäre als in der Realen Welt, wo er – aus Versehen – allen von mir und den anderen Prinzessinnen erzählen könnte. Außerdem habe ich ihnen gesagt, dass er der Richtige ist und dass ich nicht mehr ohne ihn sein kann.«

»Woher weißt du denn, dass er es ist, Tania?«

»Weil ich den Falschen geküsst und meine Stimme verloren habe. Dann hat Tommy mich von meinem Fluch erlöst«, berichtete sie aufgeregt.

Rapunzel machte ein erschrockenes Geräusch und ein noch viel erschrockeneres Gesicht. »Herrje, Tania!«

»Aber jetzt ist alles gut. Meine Stimme ist wieder da, und Tommy ... Ich liebe Tommy über alles, Mutter. Und ich hoffe, du und Vater werdet ihn akzeptieren, auch wenn er nicht adlig ist und nicht aus Fairyland stammt.«

Rapunzel betrachtete Tommy eine ganze Zeitlang, dann lächelte sie und sagte: »Willkommen in der Familie, Tommy.«

Tania sah, wie er vor Erleichterung aufatmete und ihm ein großer, schwerer Brocken von den Schultern fiel. Er hatte solche Angst gehabt, nicht akzeptiert zu werden, obwohl sie ihm gesagt hatte, dass alles gut werden würde.

Sie gab ihrer Mutter eine liebevolle Umarmung. Dann sagte sie: »Komm, Tommy, suchen wir meinen Vater.«

Sie zog ihn mit sich und gemeinsam liefen sie auf das Schloss zu, in dem sie zukünftig zusammen leben würden. Bis in alle Ewigkeit.

Ebenfalls erhältlich:

Band 1 der Princess-in-love-Reihe:

In diesem ersten Band der Princess-in-love-Reihe begleiten wir Lizzy, jüngste Tochter von Cinderella und Prince Charming, nach New York City. Wird Lizzy ihre Prüfung bestehen und wird sie ihren Prinzen vielleicht sogar inmitten von Wolkenkratzern statt von Märchenschlössern finden?

Band 2 der Princess-in-love-Reihe:

Rosaly, Tochter von Dornröschen und Prinz Philipp, darf ihr Magical in New Orleans absolvieren, wo sie den Liebenden als Hochzeitsplanerin behilflich sein soll. Schon am ersten Tag begegnet sie dem Jazzmusiker Henry, jedoch hat sie für eigene Liebesangelegenheiten leider kein ganz so gutes Händchen.

Teil 3 der Princess-in-love-Reihe

Wanda, Tochter von Arielle und Prinz Eric, verschlägt es nach Miami. Dort soll sie ihr sechsmonatiges Magical absolvieren und ein wenig Magie verbreiten. Eigentlich möchte Wanda nur Gutes tun und fängt als Altenpflegerin in einem Seniorenheim an, wo sie mit Leidenschaft ihre Märchengeschichten erzählt, doch dann wird sie am Strand von einem Modelscout entdeckt, der das neue Supermodel aus ihr machen will. Wird sie sich auf dieses Abenteuer einlassen?

Band 4 der Princess-in-love-Reihe

Schneewittchens Tochter Julia darf ihr Magical in Los Angeles verbringen. Dort arbeitet sie als Kellnerin in einem kleinen Diner, wo sie den Gästen aber nicht nur Burger und Fritten serviert, sondern auch gute Ratschläge in Sachen Liebe. Schon bald stehen die Leute Schlange bei ihr, denn es spricht sich herum, dass sie getrennte Liebende wiedervereint, hoffnungslosen Junggesellen zu ihrem Glück verhilft und vor allem, dass sie selbst noch Single ist.

Ab August erhältlich:

Band 6 der Princess-in-love-Reihe:

Belles Tochter Heather ist aufgeregt wie nie. Sie freut sich sehr auf ihr Magical, das sie in Atlanta verbringen darf, sie hat nämlich vor, dort eine kleine Bäckerei zu eröffnen, in der sie ihre speziellen Küchlein verkaufen kann, mit denen sie noch jeden verzaubert hat. Als eines Tages der schüchterne Sam den Laden betritt, weiß sie sofort, was zu tun ist.